U0096817

茅盾研究八十年書系

錢振綱・鍾桂松◎主編

李廣德◎著

59

茅盾及茅盾研究論
（下）

花木蘭文化出版社

國家圖書館出版品預行編目資料

茅盾及茅盾研究論（下）／李廣德 著—初版—新北市：花
木蘭文化出版社，2014〔民103〕
目 2+164 面；19×26 公分
（茅盾研究八十年書系：第 59 冊）
ISBN：978-986-322-749-6（精裝）
1. 沈德鴻 2. 中國當代文學 3. 文學評論
820.908   103010690

中國茅盾研究會《茅盾研究八十年書系》編委會

主　　編：錢振綱 鍾桂松

副主編：許建輝 王中忱 李　玲

特邀顧問：

邵伯周 孫中田 莊鍾慶 丁爾綱 萬樹玉 李　岫

王嘉良 李廣德 翟德耀 李庶長 高利克 唐金海

ISBN-978-986-322-749-6

9 789863 227496

茅盾研究八十年書系
第五九冊

ISBN：978-986-322-749-6

茅盾及茅盾研究論（下）

作　　者　李廣德
主　　編　錢振綱　鍾桂松
總 編 輯　杜潔祥
副總編輯　楊嘉樂
編　　輯　許郁翎
出　　版　花木蘭文化出版社
社　　長　高小娟
聯絡地址　235　新北市中和區中安街七二號十三樓
　　　　　電話：02-2923-1455／傳真：02-2923-1452
網　　址　http://www.huamulan.tw 信箱 hml810518@gmail.com
印　　刷　普羅文化出版廣告事業
初　　版　2014 年 7 月
定　　價　60 冊（精裝）新台幣 120,000 元
版權所有·請勿翻印

茅盾及茅盾研究論（下）

李廣德　著

目次

上　冊

一、茅盾人生論 ··· 1
　　茅盾與烏鎮的兩個家庭 ······································· 3
　　茅盾與湖州關係概述 ·· 17
　　青年沈雁冰與中國共產黨 ··································· 33
　　茅盾──從子夜戰鬥到黎明 ································ 43
　　茅盾：在新中國耕耘 ··· 53
　　茅盾：「文革」浩劫中的磨難 ···························· 69
　　茅盾：在中國文聯的領導崗位上 ························ 85
　　茅盾：人生頂峰夕照明 ······································ 93
　　茅盾夫人孔德沚的研究 ····································· 105

二、茅盾思想論 ·· 119
　　論茅盾的政治觀 ·· 121
　　論茅盾的道德觀 ·· 141
　　論茅盾的科學觀 ·· 157
　　中國大革命與茅盾的思想和創作 ······················ 165
　　茅盾：中外文學研究與文化學說 ······················ 187
　　茅盾及其文學與現代文化心理例說 ··················· 199

下　冊

三、茅盾文學論 ·· 213
　　一代大師茅盾的文學業績 ································· 215
　　茅盾短篇小說《水藻行》研究述評 ··················· 221
　　試論茅盾的「城市三部曲」 ······························ 241
　　茅盾作品中的浙北風景畫及其審美意識 ············· 247
　　從顧仲起到《幻滅》中的強連長 ······················ 259
　　茅盾小說人物性欲的文學描寫 ························· 271
　　茅盾：春天預言家的大愛襟抱 ························· 293

四、茅盾研究論 ·· 301
　　關於茅盾研究與韋韜先生的通信 ······················ 303
　　關於茅盾研究與秦德君老人的通信 ··················· 313
　　關於秦德君逝世日期答李慶國問 ······················ 341
　　關於秦德君回憶錄《火鳳凰》答彭洪松問 ··········· 343
　　茅盾及其研究與國際互聯網和電子出版物 ··········· 345
　　《一代文豪：茅盾的一生》的寫作與出版 ············ 359

後　記 ··· 373

三、茅盾文學論

一代大師茅盾的文學業績

　　今天的讀者可能沒有不知道大作家金庸的，而對文學大師茅盾卻可能有人不大瞭解，更不知道金庸先生對茅盾的敬仰之情。他們不知道金庸是浙江海寧人，茅盾是浙江桐鄉人，都是杭嘉湖地區毗鄰縣的人。至於金庸對茅盾的態度，這裡說一件往事：

　　1994 年 4 月 4 日，金庸先生參觀了浙江桐鄉烏鎮的茅盾故居，然後懷著對茅盾的崇敬之情，援筆題詞：

　　　　一代文豪寫子夜

　　　　萬千青年誦春蠶

　　　　　　先父與沈公青年時有同窗之誼，今瞻沈公故居，不勝仰慕。

　　　　　　　　　　　　後學小子

　　　　　　　　　　　　　　金庸謹上

　　　　　　　　　　　　　　　　甲戌三春

金庸大俠題詞中的「子夜」、「春蠶」是茅盾的長篇《子夜》和短篇《春蠶》。因茅盾原名沈德鴻，字雁冰，後即以字為名，通用名是沈雁冰。金庸說自己的父親與茅盾先生曾是同學，茅盾是自己父親的同輩人，因之尊稱為「沈公」，自己是「後學小子」。

　　前不久病逝的葉子銘教授（中國茅盾研究會會長）認為：「如果僅僅以文學創作，特別是小說創作來來概括茅盾一生的成就與特點，顯然是不夠的。在中國現代文學史上，茅盾的成就與貢獻是多方面的，他既是一位現實主義的文學大師，也是傑出的文藝評論家與翻譯活動家，新文學期刊的著名編輯。在文學創作、文藝評論、文學翻譯諸多方面，他均有開拓性的貢獻。」（《茅盾六十餘年來文學活動的基本特點》）

茅盾文學成就是現代文學史上的奇迹

茅盾於 1916 年 8 月由北大預科畢業後進商務印書館，時年 20 歲時，即開始文學活動。然而他的「文學活動是從翻譯開始的，他最早的文學創作活動也不是從小說開始，也不是從散文開始，而從兒童文學創作開始的。」《茅盾六十餘年來文學活動的基本特點》人民文學出版社的 40 卷《茅盾全集》收入了他創作的 28 篇童話，第一篇叫《大槐國》，1918 年 6 月出版。當時頗受小讀者的喜愛。

1927 年大革命失敗後，身為中共黨員的茅盾於 8 月下旬潛回上海。由於白色恐怖籠罩，不能出門，也無法接上組織關係。從 9 月初開始，他用了不到兩個星期的時間，寫完了《幻滅》的前半部。這部以「茅盾」為筆名的《幻滅》，使他在小說創作上一鳴驚人。接著又發表了《動搖》、《追求》。兩年後，這三部中篇以《蝕》為名，由開明書店出版。《蝕》的主要成就是塑造了追求者、動搖者、迷路者的形象。這些「生動的人物形象，反映了生活的某些本質方面和強烈的感情色彩，這就是《蝕》三部曲的認識價值和美學價值之所在。」

1928 年下半年，茅盾被迫亡命日本。在此期間，他根據秦德君提供的有關胡蘭畦的部份材料，運用藝術構思，創作了以梅行素女士為主人公的《虹》。梅女士的前半段經歷與《蝕》中的女性相似，但她到上海後，在革命者幫助下，參加「五卅」運動，走上了革命道路。如果說《蝕》中的人物是幻滅型，那麼，《虹》中的人物便是覺醒型的。茅盾說，《虹》是「一個象徵性的題目」，「《虹》在題材上，在思想上，都是『三部曲』以後將轉移到新方向的過渡」。

1931 年 10 月至次年 12 月，他創作出了長篇小說《子夜》。這部作品以大規模地描寫中國社會狀貌而著稱，是「五四」以來新文學發展歷史途程上的里程碑。瞿秋白評價說，「這是中國第一部寫實主義的成功的長篇小說」（《〈子夜〉與國貨年》）。《子夜》的創作標誌著茅盾的創作走上了成熟的階段，也是「五四」以來新文學發展的重要里程碑。魯迅以他的小說開闢了中國新文學的紀元；茅盾則以《子夜》奠定了中國現代長篇小說的基礎。

在被稱為「左聯時期」的那段時間裏，茅盾還創作出了《春蠶》、《林家鋪子》等短篇小說佳作，同樣深廣地揭示了 30 年代中期中國社會尖銳的階級矛盾和民族矛盾。

抗戰時期，茅盾輾轉於香港、新疆、延安、重慶、桂林等地，發表了《第

一階段的故事》、《腐蝕》、《霜葉紅似二月花》和《鍛鍊》等。《第一階段的故事》是一部吸取古典小說長處、語言通俗化的小說，著重描寫「八一三」時期民族資本家何耀先一家人對抗日戰爭的態度和思想認識的變化。《腐蝕》寫一個國民黨女特務趙惠明在第二次反共高潮中的經歷與所見所聞。「趙惠明是一個有著深刻的社會意義和美學意義的典型形象。」以日記體創作的「《腐蝕》在藝術上是很有獨創性的。」《霜葉紅似二月花》被譽為現代的《紅樓夢》，「如果說《第一階段的故事》是通俗化的有意義的嘗試，那麼，《霜葉紅似二月花》便是茅盾探索新的民族形式所取得的重要成果，用的是精雕細刻的手法。」《鍛鍊》描寫上海一家機器廠內遷過程中的鬥爭。這部小說的主人公嚴仲平也是民族資本家，但形象比何耀先更為豐滿。「在《鍛鍊》中，知識分子形象和工人形象寫得比較成功，是茅盾長篇小說中的重要進展。」（邵伯周《茅盾評傳》）

茅盾小說具有自己獨特的風格，「用一句話來概括，就是：具有油畫色彩的風格。具體地分析，我們可以這樣說，他的藝術構思宏偉而縝密，追求一種全景式或歷史畫卷式的結構；他注重氛圍的描寫，注意豐富的色調，以及波瀾起伏的節奏；他善於運用線條紛繁的複式結構與生動的細節描寫，以明快細膩的語言和烘托、對比、象徵等多種藝術手法，來展示各種人物的命運，描繪一幅幅色彩斑斕的歷史畫卷式的人生畫面，或者說是眾生相與百態圖。」（葉子銘）

茅盾一生的文學創作約 500 萬字。其中包括長篇小說 7 部，中篇 8 部，短篇 54 篇，還有童話 28 篇，劇本 1 部，散文、雜文、報告文學、時評、小學作文等約 200 萬字。讀者如需深入研究，可以查閱《茅盾全集》。

茅盾文學業績的第二個方面是對中國文學批評和文藝理論研究的建樹

在《茅盾全集》中有 10 卷約 300 萬字，是這方面的內容。主要有三個方面：

第一，文藝思想的評論與文藝運動、文藝創作經驗的歷史總結等。1916 年茅盾 20 歲，經人推薦進入商務印書館編譯所工作，開始「叩文學之門」，即舉起「革新・創造・奮鬥」的旗幟。隨後主持革新《小說月報》，發表了大量的評論，如《現在文學家的責任是什麼？》、《小說新潮欄宣言》等。在這些文論中，茅盾提倡現實主義、人道主義，宣揚為人生的文藝思想，批判禮

拜六派、封建復古派、資產階級頹廢派等，為我國新文學的發展掃除路障，做出了開拓性的貢獻。在以後的各種歷史時期，他仍然時刻關心國內文壇動態，以犀利的理性批判之筆，繼續發表了大量的評論文章，如《「九‧一八」後的反戰文學》、《〈中國新文學大系〉小說一集導言》、《抗戰期間中國文藝運動的發展》、《在反動派壓迫下鬥爭和發展的文藝》等。這些評論不僅對現代文學的歷史發展留下了重要史料，同時對文學發展的概況或某些側面也具有一定的透視作用。可以說，茅盾以辛勤的勞動為中國現代文藝批評奠定了基石。

第二，作家作品的研究和有關的評論。茅盾在早年主持革新《小說月報》期間就發表了大量的作家作品評論文章，如《魯迅論》、《王魯彥論》、《徐志摩論》、《盧隱論》、《冰心論》等作家專論。其後一直關心和大力扶持新人。據有人統計，他一生評論的作家有 313 人，這個數量是驚人的！三十年代出現的作家沙汀、吳組緗、蕭紅、張天翼、姚雪垠、周立波等，建國後湧現的作家茹志鵑、王願堅、李準、楊沫、梁斌、陸文夫、馮驥才等，都受到過他的扶植與關懷。陳白塵在紀念他的文章中稱「茅盾是中國幾代作家的導師」。

第三，總結創作經驗、研究文學創作規律。如早期的《春季創作壇漫評》、《評四五六月的創作》等；1925 年撰寫的《論無產階級藝術》；抗戰期間在香港寫的《創作的準備》；以及建國後作的《短篇小說的豐收和創作上的幾個問題》、《一九六〇年短篇小說漫評》和《關於歷史和歷史劇》等。從《茅盾論創作》和《茅盾文藝雜論集》的大量文章中，人們可以發現，茅盾的論述涉及文藝創作的許多方面，他對藝術規律、特點方面的論述有不少真知灼見，至今仍然值得我們學習、借鑒。長篇理論著作《夜讀偶記》，針對當時國內外廣泛展開的關於社會主義現實主義創作原則的大論戰而作，以豐富充實的史實和嚴密精細的論證見長，是新中國文壇難得的一部文論專著。他的理論著作還有：《西洋文學通論》、《小說研究 ABC》、《中國神話研究 ABC》、《希臘神話與北歐神話》、《近代文學面面觀》、《關於歷史和歷史劇》等。

茅盾文學業績的第三個方面是翻譯外國文學名著和介紹外國作家作品

1920 年，他在《小說新潮宣言》中就提出：在繼承民族文化遺產的同時，「取西洋寫實自然的往規，做個榜樣，然後著手創造」是「很急切」的事。

從 1916 年起，他就開始翻譯外國文學作品和有關論著。僅 1920、1921 年間，他翻譯的作品即達 80 餘篇。此後還有《雪人》、《桃園》、《文憑》、《團的兒子》、《復仇的火焰》、《俄羅斯問題》、《蘇聯愛國戰爭短篇小說譯叢》等譯作問世。1934 年，他協助魯迅創辦了《譯文》雜誌。建國後仍然主編《譯文》(《世界文學》)，發揚了老《譯文》的優良傳統。茅盾認為「介紹西洋文學之目的，一半欲介紹他們的文學藝術來，一半也為的是介紹世界的現代思想」，而後者是「更注意些的目的」(《新文學研究者的責任與努力》)。在翻譯工作中，他努力實現信、達、雅的準則。主張翻譯要尊重原作的面貌，也要有創造性，要能把原作的風格和神韻傳達出來。他以辛勤的勞動，為現代文學提供了可資借鑒的東西。

以上所介紹的只是茅盾文學業績中的主要方面，還有一些因限於篇幅未能提及。

最後，讓我們引一段最能概括說明茅盾文學業績的評論：

> 沈雁冰同志是在國內外享有著很高聲望的革命作家、文化活動家和社會活動家。他同魯迅、郭沫若一起，為我國革命文藝和文化運動奠定了基礎。從一九一六年開始從事文學活動以來，在漫長的六十餘年中，他始終不懈地以滿腔熱情歌頌人民、歌頌革命、鞭撻舊中國黑暗勢力，創作了《子夜》、《蝕》、《虹》、《春蠶》、《林家鋪子》、《霜葉紅似二月花》、《清明前後》等大量傑出的文學作品。這些作品刻畫了中國民主革命的艱苦歷程，繪製了規模宏大的歷史畫卷，為我國文學寶庫創造了珍貴的財富，提高了現實主義文學創作的水平，在文學史上留下了不可磨滅的功績。他的許多作品被翻譯為多種外文，在各國讀者中廣泛傳播。他還撰寫了大量文藝論著，翻譯介紹了許多外國作家的作品。新中國成立後，他長期從事文化事業和文學藝術的組織領導工作，寫了大量的文學評論，特別是一貫以極大的精力幫助青年文學工作者的成長，為社會主義文化事業作出了重大的貢獻。

這是 1983 年 4 月 11 日，胡耀邦作為當時的黨中央總書記在沈雁冰追悼大會上致悼詞時說的，至今仍然是十分正確、公允的評價。

2005－11－27 應《讀者》編輯部約稿而作

茅盾短篇小說《水藻行》研究述評

　　在茅盾多彩多姿的小說世界裏，《水藻行》是一篇獨特的並具有眞正意義的短篇小說。然而在過去很長一段時期裏，人們雖然已經注意到了它在茅盾文學作品中甚至在 20 世紀中國現代小說中的不同凡響的獨特性，卻未引起足夠的重視，沒有對它進行深入的研究，更沒有對它的內涵、藝術特色及審美價值作出應有的評價。1991 年 3 月，文化藝術出版社（北京）出版《茅盾研究》第五輯，發表了美國學者陳幼石教授在第四屆全國茅盾研究學術討論會上提交的論文《婦女淪落的革命意義：〈水藻行〉和〈煙雲〉》。她在論文中就曾寫道：「《水藻行》好像在茅盾學者間沒有引起過多少注意。1986 年出版的《湖州師專學報》增刊《茅盾研究》第二輯中有過一篇日本學者是永駿先生《論〈水藻行〉》的中文翻譯。」〔註1〕是的，正是在是永駿教授的這篇專題研究論文《論〈水藻行〉》於 1986 年 6 月出版的《湖州師專學報》增刊《茅盾研究》第二輯發表之後，引起了海內外茅盾研究工作者對《水藻行》的進一步關注和深入的研究。我們欣喜地看到，在中國的一些關於茅盾小說綜合研究的專著和論文裏，作者們已或多或少地提到它並作出自己的論述。如上海文藝出版社 1989 年 8 月出版的王嘉良教授的專著《茅盾小說論》，就有幾頁論述了《水藻行》的時代內容和人物形象。1990 年 3 月出版的《茅盾研究》第四輯則發表了學者李繼凱的《略說〈水藻行〉和〈大地〉》。這是我見到的第二篇關於《水藻行》的專題研究論文，也是第一篇出自中國學者之手的專題研究《水藻行》的長篇學術論文。第

〔註1〕 《茅盾研究》編輯部編：《茅盾研究》第 5 輯，文化藝術出版社 1991 年 3 月
　　　　第 1 版，第 462 頁。

三篇關於《水藻行》的專題研究論文，就是上述陳幼石教授在 1991 年發表的《婦女淪落的革命意義：〈水藻行〉和〈煙雲〉》。而近幾年，則還未見到新的有關《水藻行》的專題論文。所以，我們研究茅盾的這篇小說，必須對上述幾篇專論的研究成果有一定的瞭解，而後才能得出自己的觀點，作出科學的評價。本文專就這篇小說的誕生經過、故事情節、主題思想、審美價值、國際影響等五個方面作一些述評。

一、《水藻行》的誕生經過

根據茅盾的回憶和是永駿的研究，《水藻行》的創作和發表經過已大致清楚。茅盾在《我走過的道路》（中）回憶說：「大約在三六年二月中旬，我收到魯迅的一封信，上面寫道：日本改造社的山本實彥先生打算在《改造》雜誌上介紹一些中國現代文學作品，要我幫他選一些，我已答應了。他提出要有你的一篇，你看是挑一篇舊作給他，還是另寫一篇新的？是舊作，選好了告訴我一聲就行了；是新作，就把原稿寄給我，也許我能把它譯成日文。魯迅願意翻譯我的作品，我當然十分感激，連忙回信表示要趕寫一篇新的，而且是專門寫給外國讀者的。這篇東西叫《水藻行》，寫成於二月二十六日。」〔註 2〕「我把《水藻行》原稿交給魯迅先生的時候，魯迅正生著病。他抱歉地說：『你看，我又犯了氣喘病，不過快要好了。稿子先放在我這裡罷。』到了四月份，魯迅的健康似已恢復，可是進入五月，病又突然加劇，一直綿延到九月才漸見好轉。大約在八月份，魯迅有一次告訴我：『山本實彥來信催問你的文章，我卻還沒有翻譯，只好把原稿寄給山上正義，請他代為譯成日文。山上正義翻譯過《阿 Q 正傳》，他的中文程度是不錯的。』我對於魯迅這種細緻周到認真負責的精神只有感動。」〔註 3〕

是永駿認為，最早弄清《水藻行》是山上正義譯成日語的是丸山升。丸山升在《一個中國特派員——山上正義和魯迅》一文中寫道，這件事是從山上的日記中得知的。茅盾短篇集《煙雲集·後記》中講，除《水藻行》外，其它作品都是發表在國內的期刊上的。因此，聯繫《改造》首頁上登載著一張《水藻行》原稿的照片，他認為這篇小說是茅盾直接寄給山上或《改造》編輯部的。也可推測是當時較熱心翻譯介紹中國現代文學作品的《改造》要

〔註 2〕茅盾：《我走過的道路》（中），第 355、356 頁。
〔註 3〕同上書。

求茅盾賜稿的，但是，詳細情況不明。而這個不明，茅盾在回憶錄中作了補充，說當時除了《水藻行》，刊在（改造）上的短篇小說還有蕭軍的《羊》（1936年 6 月號）、沙汀的《老人》（1937 年 1 月號）。《羊》刊載之際，魯迅寄來了前言。魯迅在文中談了新文學的困難後這樣說道：「然而，創作中的短篇小說是較有成績的，儘管這些作品還稱不上什麼傑作，要是比起最近流行的外國人寫的，以中國事情為題材的東西來，卻並不顯得低劣。從真實這點來看，應該說是很優秀的。在外國讀者來看，也許會感到似有不真實之處，但實際大抵是真實的。現在我不揣淺陋，選出最近一些作者的短篇小說介紹給日本——如果不是徒勞無益的話，那真是莫大的幸運了。」〔註 4〕是永駿說，在《羊》的篇末處，有一則《改造》編輯部發的消息，內容如下：「連載中國現代作家的佳作！本雜誌作為日本文化的綜合性陣地正雄立於世界，特別在鄰邦中國，擁有眾多的讀者。這次山本社長的南京——上海之行，與中國文壇的諸位進行了商談，決定今後盡可能每月介紹一篇新作。由於本社這一新計劃的公佈，引起了中國文壇的強烈反響！」「《改造》編輯部有熱情是可以理解的，但在這裡實在是有點誇大其辭，實際上不可能每月發表中國方面的一篇。《羊》、《老人》、《水藻行》各篇都是分別相隔數月發表的。」是永駿寫道，「登載《水藻行》那一期的編者按中對茅盾來稿表示高興：『我們能看到中國文壇最偉大的人物茅盾先生寄來的佳作實在是件快事，茅盾肩負著繼魯迅之後的中國文化的振興重任。』《改造》1937 年 5 月號的封底上有『昭和十二年四月十八日印刷納本，五月一日發行』。茅盾的《水藻行》從執筆、脫稿到發表約經過一年零二個月。」〔註 5〕

茅盾回憶錄也說：「《改造》雜誌到一九三七年五月才登出了《水藻行》的譯文，那是我唯一的一篇先在國外發表的小說。這時距魯迅逝世已有半年了，誰又能想到，這篇小說的發表還凝聚著魯迅先生的心血！」〔註 6〕對於這篇作品的創作經過，是水駿補充說明的是，茅盾早在創作這篇小說的兩年前，即 1934 年 2 月 15 日出版的《申報月刊》上以筆名小凡所作的《田家樂》〔註 7〕一文中就表示了對《大地》的不滿。他寫道：

〔註 4〕 魯迅：《〈中國傑作小說〉小引》，《魯迅全集·集外集拾遺補編》，第 399 頁。
〔註 5〕 《湖州師專學報》增刊《茅盾研究》第 2 輯，第 304、302、308 頁。
〔註 6〕 茅盾：《我走過的道路》（中），第 355、356 頁。
〔註 7〕 《茅盾全集》第 20 卷，第 14 頁。

　　　　近來的田家生活實在是變化太多，有些事連頂好的「幻想家」
　　也想像不到。

　　　　這都是厚待我們的作家，是在那裡加工給作家們創造材料。

　　　　和這相比，不但以前那些民間歌人的什麼「田家樂」鼓詞見得
　　平淡貧乏，就是萊芒的世界馳名的大著春夏秋冬《農民》也成為描
　　頭畫角的無聊的賣弄了。更不用說布克夫人的《大地》。這部「東
　　方生活」的英文小說用中國一句成語來說，就是「隔靴搔癢」。

有鑒於此，我們可以認為茅盾創作《水藻行》的醞釀起始時間應是 1934 年 2
月。

二、《水藻行》的故事情節

　　對於作品故事情節，不同的研究者會從不同的角度作出各不相同的表
述。我基本同意陳幼石教授對《水藻行》所作的表述，但對作品第五、六兩
節的表述發表一些與她不同的意見。

　　《水藻行》一共約一萬到一萬一千字，分為六節，章法結構嚴謹而整齊。
正像茅盾說的，故事「很簡單」，人物「只三個」，叔、侄和侄媳婦，侄媳婦
還沒有名字。財喜是個無地無房一貧如洗而充滿了活力（四十來歲）的壯年
農民，寄居在堂侄秀生的家中。秀生比財喜小十歲，身體很壞，幾乎不能勞
動，看上去比財喜老得多。秀生那一份戶外勞動實際上由財喜擔任著。但是
財喜很快的就和他身體強壯、勞動力強的侄媳婦發生了關係。侄媳婦懷了孕。
這樣，矛盾就圍繞著侄媳婦腹中的胎兒的身份展開了。

　　小說的第一節推出了農村背景的描寫，介紹了兩個男主角財喜和秀生（約
一千字）。這是江南水鄉農村近冬的季節，財喜一年前來寄住在他堂侄秀生家
裏。「戶主」秀生身體孱弱，從小就害黃疸病。故事開場的時候，財喜正要秀
生和他一起到河裏去打來年作農肥用的薀草去，秀生卻在想家裏的米會給放
高利貸的陳老爺拿去賤買抵債。他把五斗米分裝在兩隻袋裏想搶先拿到城裏
去賣掉。

　　第二節介紹了秀生已懷孕待產的老婆，以及財喜和她的性關係。在短短
的一千五百字的一節裏，茅盾三次描寫財喜的嗅覺和女人的體嗅，手法上不
容否認地托出了兩人間的親密關係和這關係的自然生物層次的基礎。他第一

次描寫財喜感官嗅覺是本節才開始時。財喜到屋外去拿稻草來鋪床,他還沒有到草垛那兒,首先就聽到了哼哼的聲音,「接著他又嗅到一種似是淡薄的羊騷氣那樣的熟習的氣味,他立即明白那是誰了」。秀生的老婆是一個年輕壯健的女人,她身孕已相當重了。財喜聞到她的氣味走過來時,她正因為提水桶傷了胎氣蹲在地下哼哼。財喜的關心帶出了她對另一件使她傷胎氣肚子痛事情的訴苦:

> 昨夜裏,他又尋我的氣……罵了一會兒,小肚子旁邊吃了他一
> 踢。恐怕是傷了胎氣了……

> 財喜卻怒叫道:「怎麼?你不聲張,讓他打?他是哪一門子的好
> 漢,配打你?他罵了些什麼?

> 他說,我肚子裏的孩子不是他的,他不要!

> 哼!虧他有臉説出這句話!他一個男子漢,自己留個種也做不
> 到呢!

從短短的幾句對話中,農村的家庭結構、夫妻間權力關係的不平衡就全浮現出來了。秀生老婆身體壯健,勞動力強,又能生育。但這些優厚的自然資源和經濟價值全不足以保護她在家庭中最低限度的人身安全。而相對的秀生既不能勞動,又可能是一個性無能的男人,就憑著他是丈夫兼「戶主」的身份,可以肆無忌憚地以暴力相加於他妻子身上,並且還可以對那個胎兒存棄生死予奪。秀生的權威是建立在什麼樣的自然、經濟和心理基礎上的呢?

彷彿和秀生的權威基礎唱對臺,茅盾第二次描寫了財喜的嗅覺:

> 對照著面前這個充溢著青春的活力的女子,發著強烈的近乎羊
> 騷臭的肉香的女人,財喜確信他們這一對真不配;他確信這麼一個
> 壯健的,做起工來比差不多的小夥子還強些的女人,實在沒有理由
> 忍受那病鬼的丈夫的打罵。

在這裡自然的體能資源和人為的私有占取開始了尖銳對立的道德對話。在財喜心目中,健康和勞動顯然是勞動者與勞動者之間所以平等,男女間所以相互歡戀的「理由」,也就是他的用語裏衡量男女「配不配」的尺度。但是財喜同時也知道這女人為什麼忍受她丈夫的暴虐。他沒有什麼辦法,他只能說:

> 不過,我不能讓他不分輕重亂打亂踢,打傷了胎,怎麼辦?孩
> 子是他的也罷,是我的也罷,歸根一句話,總是你的肚子裏爬出來
> 的,總是我們家的種呀!——咳,這會兒不痛了吧!

女人點點頭就要站起來，但是在這一刻，茅盾第三次帶出了女人身上的體嗅：

> 財喜抓住她的臂膊拉她一下，而這時，女人身上的刺激性強烈的氣味直鑽進了財喜的鼻子，財喜忍不住把她緊緊抱住。

在這一節中，財喜和秀生老婆的關係，同秀生老婆和秀生的關係，在對立中把自然和人為的道德對話又推進了一步。男女之間的性道德的多層次結構揭示了「性」不單是一個男人借傳統習俗之力強制女人為他保守貞操的片面貞操問題，也不單是一對健康男女自然相互歡悅的平等人權問題，這中間還牽涉了一個平常大家都諱言的更深層的男人心理上私有子嗣的權欲心理基礎問題。這子嗣觀念，即使在財喜這個形似自然性愛論者的身上也不由得從深層語言中流露出來。財喜十分慷慨地說了「總是你的肚子裏爬出來的」這句話，使人聽起來覺得他是個性道德十分開放的人物；但是在這一句話之後，他還有一句：「總是我們家的種」，「我們家」這三個字緊緊地扣住了他性開放的極限，把它的革命性圈回到家族主義的封建範疇。

《水藻行》的第三節（一千七百字左右）又回到了財喜、秀生身上，回到了鄉間農作周期，農民和自然的搏鬥的環境描寫。財喜和秀生共同撐一條船到河灣去打「蘊草」。在自然力的考驗下，財喜生龍活虎的表現和秀生的孱弱無能又一次得到強烈的對照。

第四節最長（四千字左右），以其幅度和篇章結構地位來說，可以說是整篇的軸心和故事情節發展的高潮。

> 財喜和秀生還是在船上，蘊草已經快打滿一船了。財喜仍要往北去多打些，秀生實在感到力不從心，但是財喜把拚搖得一條活龍似的一勁向前。「臉上是油汗，眼光裏是愉快。他唱起他們村裏人常唱的一支歌來了：『姐兒年紀十八九：／大奶奶，抖又抖，／大屁股，扭又扭；／早晨挑菜城裏去，／親丈夫，掛在扁擔頭。／五十里路打轉回。／煞忙裏，碰見野老公，──／羊棚口：／一把抱住摔筋斗。』」

陳幼石指出，這是一支活潑而俚俗的民間情歌。茅盾顯然是有意地選了這支有了小丈夫的青年女子和野老公摔筋斗的情歌再一次突出自然情欲和人為制度間對話的這一基調。這一種利用小說形式的張力來進行道德對話的手法是茅盾在 30 年代寫革命主題小說中的一個很重要的小說技巧上的新發展。這對話手法帶給讀者一種閱讀上的靈活性，使讀者可以不必拘泥於作者的主題視

角，自由地順著他自己所選擇的道德信念來對作品中的人物和人事關係作他
自己的價值判斷。在《水藻行》第四節的後三分之二，這對話手法發揮了它
巨大的潛力，它無情地衝擊著秀生內心的隱私，也衝擊著和秀生懷著一樣的
隱私的讀者。秀生受不了財喜歌詞內容的衝擊，就和財喜攤了牌：

> 「財──喜！」忽然秀生站了起來，「不唱不成麼！──我，是
> 沒用的人，病塊，做不動，可是，還有一口氣，情願餓死，不情願
> 作開眼烏龜！」……

> 財喜寄住在秀生家不知出了多少力，但現在秀生這句話彷彿是
> 拿出「家主」身份來，要他走。轉想到這裡，財喜也生了氣。「好，
> 好，我走就走！」

但是秀生究竟是不願意真餓死的，所以他就不作聲了。接下來，問題的癥結
又出現了：

> 可是……你不准再打你的老婆！這樣一個女人，你還不稱意？
> 她肚子裏有孩子，這是我們家的根呢……

> 「不用你管！」秀生發瘋了似的跳了起來，聲音尖到變啞，「是
> 我的老婆，打死了有我抵命！

陳幼石認為，這子嗣的死結，財喜怎麼說都打不開。財喜覺得秀生老婆對秀
生是很盡心的：除了多和一個男人睡過覺，什麼也沒有變，仍然是秀生的老
婆。凡是她本份內的事，她都盡力做而且做得很好。但是秀生一萬個不願意。
財喜又想到走，但是想到那田地，那些工作，懷了孩子的秀生老婆，他又覺
得「孩子是一朵花！秀生，秀生大娘，也應該好好活著！我走他媽的幹麼？」
財喜打消了走的心思，第四節就這樣煞住了。

第五、六節是收局和尾聲，分別為一千七百字和六百字左右。陳幼石的
論文寫道：「衝突爆發過後，一切又恢復舊狀。秀生的家裏依舊受著自然和人
為的生活重擔的壓迫；秀生照樣沒命地朝死裏打他懷著孕的老婆；太陽照常
出來，財喜照舊的出工，出頭，大力勞動。』三人之間的關係，如同他們被
地主、當權者的無情剝削一樣，都循規蹈矩地輪迴繼續著，但小說卻就此結
束了。」〔註8〕但是，這裡的表述與原作內容不符，尤其是對第五節的情節略
而未述。其實，第五節是小說情節的高潮，是人物性格衝突最具張力的部分。

〔註8〕 《茅盾研究》編輯部編：《茅盾研究》第5輯，文化藝術出版社1991年3月
第1版，第462頁。

茅盾在他的回憶錄中特別作了如下的概述〔註9〕：

> 打蘊草的第二天，秀生凍病了，財喜趕進城裏爲秀生買藥。回到村裏，發現屋里正鬧翻了天。原來鄉長坐催著要秀生去築路，否則就要出築路錢，而秀生正掙扎著要下床去出工，說是活厭了，錢沒有，要拿性命去拼！秀生娘子死命地攔阻著。憤怒的財喜又住了鄉長的胸脯，把他趕了出去，吼道：「你這狗，給我滾出去！」又把秀生抱回床上，並且堅定地回答秀生的擔憂──怕局裏來抓，財喜道：「隨它去。天塌下來，有我財喜！」

第六節寫：雪霽日出，財喜與其他農民歡快地搬運小船上水藻的情景，以「財喜的長嘯時時破空而起，悲壯而雄健，像是申訴，也像是示威」結束全篇。

陳幼石教授之所以如此表述，想來是她論文的重點在於通過與《煙雲》的對比分析指出「婦女淪落的革命意義」，故而對農民與鄉長之間的矛盾衝突略而不提；也是對茅盾創作《水藻行》的眞實意圖和作品內在意蘊理解得不夠深刻。

三、《水藻行》的主題思想

那麼，《水藻行》到底是寫什麼的呢？茅盾以下兩段有關執筆意圖的話是我們分析《水藻行》主題思想的關鍵。他說：

> 《水藻行》是一篇農村題材的小說，但不同於我的同類作品。我沒有正面去寫農村尖銳的社會矛盾，只把它放在背景上。我著力刻畫的是兩個性格、體魄、思想、情感截然不同的農民。
>
> 我寫這篇小說有一個目的，就是想塑造一個眞正的中國農民的形象，他健康、樂觀、正直、善良、勇敢。他熱愛勞動，蔑視惡勢力，他也受不了封建倫常的束縛，他是中國大地上的眞正的主人。我想告訴外國的讀者，中國的農民是這樣的，並不是像賽珍珠在《大地》中所描寫的那個樣子。〔註10〕

可見茅盾創作的重點是在對比中刻畫兩個農民形象，以此來塑造中國農民的眞正形象，包括他們的道德觀念。他並不想著力描寫當時尖銳的社會矛盾。此外，《水藻行》是一個短篇，是一篇作者向賽珍珠的長篇小說《大地》（1931年）挑戰的充滿激情的小說。

〔註9〕茅盾：《我走過的道路》（中），第355、356頁。
〔註10〕同上書。

在學術界，學者們對這篇作品的主題思想在觀點上是存在分歧的。

是永駿指出，在葉子銘、邵伯周、孫中田、莊鍾慶的有關茅盾研究的「四專著」中，只有莊鍾慶的專著評價了這篇作品。莊鍾慶在文中說：「《水藻行》是一篇描寫在國民黨強權政治和高利貸剝削下，農民失去生活出路，終於奮起反抗的小說。作品重點放在描寫國民黨反動派的爪牙——鄉長的橫暴與財喜為此的反抗上。」不過，他沒有涉及這篇小說的中心問題——性道德觀念。

吳福輝在評「四專著」時雖然沒有對《水藻行》給予過多的評價，卻作了如下有意義的評價：「茅盾的作品的巨大的歷史性內容往往更大於他的思想情愫，大於他對人生的深長思索。這一點，如果把它與魯迅、郭沫若、老舍、巴金相比，是很突出的。但是，他也有一些歷來被人迴避的涉及時代道德價值問題的小說，如《水藻行》、《煙雲》等。」

除此以外，吳福輝在指出了以前在茅盾研究上的缺陷後說，對茅盾和老舍的現實主義本質上的不同也應予注意。他的關於《水藻行》的評論雖使人感到只不過指出了一個普通的問題，但與「四專著」的說法相比，卻更值得人們注意〔註11〕。

是永駿在《論〈水藻行〉》中認為《水藻行》的作品意義在於它的開放性和民族性。這篇作品是以中國農民樂觀的生活觀（特別是性道德觀念）為中心的，在財喜對他自己和秀生老婆的關係的看法中，有一種擺脫束縛的開放性和潛藏著預見的真實性；在描寫農民的鄉俗和嚴酷生活中，作品提出了反抗的思想和大膽的、帶有預見性的新道德觀。但是他也指出，在小說中，三人之間的關係、對勞役的反抗，都沒有作出解決便結束了。這表現了作品的一種「開放性」，一種「讓讀者去發揮創造性聯想」的可能。

那麼，《水藻行》是怎樣描寫性道德觀念的呢？讓我們來看看是永駿的分析。他說，這篇小說描寫了生活在中國大地上的農民的嚴酷的生活以及在苦惱中頑強的生活方式。一年前寄食在秀生夫婦家的財喜與秀生老婆（丈夫秀生是個近於殘疾的病人）發生了性關係，從而產生出三人之間的糾葛。作品主人公為了生存終日處在繁忙的勞動之中，嚴酷的生活使得他們無暇顧及封建道德觀念。不難想像，在這樣一種生活中所結成的關係，給人帶來的苦惱和生出的糾葛。不管是哪個民族的人，在這種生活中如此的性關係都是有可能的。不過，問題倒不在此，小說的重點在於財喜與秀生夫婦二人之間的關

〔註11〕《湖州師專學報》增刊《茅盾研究》第 2 輯，第 302、304、308 頁。

係所持的是樂觀的並且又是開放的性道德觀念，這又和作品背景所展示的地平面及大自然的空間開放性相輔相成，從而給讀者帶來一種感情淨化的美感。這篇小說的眞實性就在於由此閃現的開放性和寄食於親戚家的那種鄉俗的民族性巧妙地結合。固然，《水藻行》也描寫了如莊鍾慶所指出的那種生活的艱辛與反抗意志。財喜對壓迫他的人的反抗，其表現是直率的。他趕走強逼秀生去做苦工的鄉長的行動，表現了「要幹就幹給你看看」的氣魄。而且，在他反抗的意識中有著一種勞動者的自豪感。故可以說，作者筆下的財喜是一個打心眼裏熱愛勞動，有著健壯體魄的莊稼漢。賽珍珠的《大地》中的主人公王龍也是一個熱愛勞動的莊稼漢。那麼，王龍和財喜的差別在哪裏呢？賽珍珠筆下的王龍是處在一種畏懼的心理之中。他的畏懼表現在遇到好運時顯得不安、害怕，求神以防災難降臨，從而最終歸依於神。但是，財喜卻不是這樣。茅盾自己也說過，他想塑造的是中國社會新型的農民形象。基於這種出發點，作者在作品中著力表現的是勞動者的自豪和從自豪中產生的反抗思想。當然，作者在作品中描寫的不僅僅是這樣，另一重要的方面，就是上面所述的樂觀、開放的性道德觀念。財喜對已懷孕的秀生老婆說：「我不能讓他不分輕重亂打亂踢。打傷了胎，怎麼辦？孩子是他的也罷，是我的也罷，歸根一句話，總是你肚子裏爬出來的，總是我們家的種啊！」從這段話看，也許可以認爲財喜是個不拘小節的人，說得好聽點，就是一個胸襟開闊的人。然而，在他和秀生搖著船去打蘆草作肥料時，秀生說：「情願餓死，不情願做開眼烏龜！」「良心？女的拿綠頭巾給丈夫戴，也是良心！」財喜是這樣想的：「在他看來，一個等於病廢的男人的老婆有了外遇，和這女人的有沒有良心，完全是兩件事。可不是，秀生老婆除了多和一個男人睡過覺，什麼也沒有變，依然是秀生的老婆，凡是她本分內的事，她都盡力做而且做得很好。」

是永駿說，由此看來，財喜和秀生老婆的關係，在財喜看來至少不應是秀生老婆被責難的理由。這裡難道沒有一種擺脫束縛的開放性和潛藏著預見的眞實性嗎？小說中三人之間的關係，對勞役的反抗，都沒作解決，小說便結束了。樂黛雲在《批評方法與中國現代小說研討會之述評》中指出，《水藻行》最後一節情節的展開，是爲了讓讀者去發揮創造性的聯想。從這個意義上講，它具有開放性。既然是說開放性，就得先看看潛藏在作品內部的開放性。對人類的欲望和嚮往自由，是任何作家都寫的。如賽珍珠的《大地》，作者描寫主人公王龍想從貧農一躍成爲地主的欲望和決心。王龍一心想滿足欲

望，但他在沿著滿足欲望的坡道向上爬時，卻把自己的精神轉讓給了欲望。財喜不是這樣，有時他也後悔同秀生老婆的不軌行為，但他又覺得秀生老婆在這一行為上是沒有過錯的，表現出一種新的認識。因此，我們又不能把財喜僅僅簡單地看作是個胸襟開闊的人。這裡，作者把它作為人的一個良心問題而提出了性道德觀念，沒有什麼可以去責備秀生老婆就是他的具體表現。由此可見，作品所反映的性愛和性愛的意識是開放的。財喜和一心只想爬上欲望坡道的王龍不同，他沒有喪失精神和理智的光輝。從以上分析可以看到，茅盾創作《水藻行》的意圖顯然是注意到了賽珍珠的《大地》，他就是想描寫勞動的自豪和從自豪中產生的反抗以及這一反抗精神的光輝。同時在寫農民的鄉俗和嚴酷生活中，提出反抗思想和大膽的、帶有預見性的新道德觀念。這就是中國農民真正的形象。這才是小說的現實意義。魯迅在《羊》的《前言》中所說的「真實」不就是這篇《水藻行》中所表現出來的帶有預見性、且又含有衝擊性的現實性嗎？！

陳幼石教授認為，《水藻行》的主題不單是是永駿教授所提出的「性道德問題」，尤其不是只有以男人形象來作代表時才能得到認可的「大膽的、帶有預見性的新道德觀」。她說，中國男人的性道德，其實不需要茅盾這麼大力費筆墨來渲染提倡就已經很開放了。我們只要看一看《子夜》中趙伯韜、馮雲卿、曾滄海父子，甚至吳蓀甫和那革命者蘇倫，就可以知道單方面對男人才開放的性道德，只有替女人造成高度的迫害。馮雲卿性道德的開放就造成了女兒被送上趙伯韜床上去作商業交易的後果；吳蓀甫性道德一開放，他家裏的女傭人就被強姦了；財喜的性道德一開放，秀生的老婆就懷了孕，以致受丈夫的踢打而告狀無門。茅盾對這種單向開放的性道德的惡果鞭撻猶恐不及，何至於一而再地在他創作小說中大加表揚呢？在《水藻行》中，我們可以看到造成秀生老婆受虐除了她對丈夫「不貞」之外，還有秀生對她腹中的胎兒子嗣身份的個人私有權問題。這子嗣問題是封建家庭中造成父權至上的真正根因，也是秀生覺得自己向老婆肆虐不但「有理」而且「道德」的心理動因。平日這極隱秘的極權心理在私欲基礎層一向潛隱在對女人片面的貞操的要求之下，假借了對女人貞與不貞的爭端來掩飾它權欲的真面目。但是在《水藻行》中，茅盾用了兩男一女的性道德對話手法，把男人這「子嗣」私有權的荒謬性毫不留情地暴露出來了。

茅盾在《水藻行》和《煙雲》中不含糊地指出這繼承制是根立在男人的

「子嗣」權欲上的。男人的子嗣欲和子嗣所有權是中國封建社會時期父系私產繼承制的主要深層根由之一。但是這根由在 20 世紀 30 年代的中國已潛伏到一切經濟關係、生產方式、社會、家庭結構、男女性道德觀念的層面之下，不是一般語言習慣和思維架構能夠接觸得到的。

茅盾在 1931 年 1 月《婦女雜誌》十七卷特大號中，有一篇用朱璟筆名發表的文章叫《問題是原封不動地擱著》。其中他用了極冷靜但極憤懣的言詞又一次穿透了層層社會組織面，深入到這見不得人也不想見人的最需要革命的封建底層心態中去：

> 表面上看來，中國婦女問題已經得到了解決，正像中國革命問題也似乎已經得到了解決一般。實際則不然。……內地城市小市民的婦女，鄉村的農婦，固然談不到什麼政治上的權利，便是最低限度的經濟自主權和身體自由也並沒有得到。雖然「革命」把內地城市的代表封建勢力的土豪劣坤「革」去了，然而應運而來的依然是代表封建勢力的「新」土豪劣紳……
>
> ……婦女問題的徹底解決，非等到社會組織根本改造以後，不能實現。如果又把婦女作為一階級看——作為只是向男子方面爭回權利便算是「婦女運動」那就更加錯誤了。自然婦女運動本身也不能不包含著爭取婦女自身權利這一要求，可是爭取權利的要求不但應該是普遍的，而且應該是針對著社會進化的某種舊勢力。「革命」以來中國何嘗把舊的封建勢力根本推翻？封建勢力改換了面目依然存在。我們現在所見的一切好像有利於婦女的新法令，實也只有限於不損傷封建勢力的範圍以內的。誠然有了婦女協會，然而衙門一樣的救濟所一樣的婦女協會何嘗有損於封建勢力的一分一毫呵！

因此，陳幼石敏銳地指出，茅盾的革命觀，他對舊勢力根本所在的瞭解是深沉的、理性的、透徹的。當革命女性形象在 30 年代初從他的作品中揖退以後，茅盾就沒有再用像《幻滅》、《動搖》、《追求》中那樣的正面寫實手法塑造過一個代表革命精神的正面中心小說人物。在大澤鄉、雙橋鎮、棉紗工廠的群眾浪潮之下，茅盾和魯迅一樣，目光沒有一刻離開過中國舊社會中封建勢力紮根盤踞的立「本」地帶。雖然茅盾 30 年代的作品中，婦女已不居中心地位，但是她們也沒有退出舞臺。她們繼續在茅盾的作品中和革命的理想、革命的手段作著道德的對話。她們的形象不失為我們研究茅盾在這一時期中寫革命如何推

進，舊勢力如何改換著它們的面貌以逐漸恢復並鞏固其根據地的好資料。

上述日本和美國學者的研究成果是很有學術見地的，然而他們的著眼點側重於性道德和「子嗣情結」，因此對於茅盾「想塑造一個眞正的中國農民的形象，他健康、樂觀、正直、善良、勇敢。他熱愛勞動，蔑視惡勢力，他也受不了封建倫常的束縛。他是中國大地上的眞正的主人」的寫作意圖，只是著眼於他「受不了封建倫常的束縛」，而對其他方面還缺少深入的分析。與他們不同，中國學者王嘉良的論述就較爲全面、深刻，較爲準確地揭示出作品的眞實意蘊，我是完全贊同他的評論的。他認爲，財喜這個形象不同於以往新文學作品中經常出現的那種由於苦難生活的重壓，從肉體到靈魂都被摧垮了、扭曲了的農民，完全是以嶄新的面目走到文壇上來的。作家賦於這個形象的最顯著的特點，就是不僅有健全的體魄，還有健全的靈魂。他有高大的身軀，厚實的胸膛，鐵杆般的臂膊，身上蘊蓄著一種力量，一種任何磨難都壓不垮的力量。儘管生活把他剝奪得只剩下光杆一身，他仍不向命運低頭，勇於向貧困挑戰，以自己的勞動去創造生活。在秀生家裏，實際上是他在擔著全家勞動的重擔，憑著他豐富的生活經驗，渾身使不完的力氣，苦撐著這個極艱難中的家。透過這些描寫，中國勞動農民所固有的種種美德，如頑強求生，任勞任怨，見義勇爲，救弱扶貧，等等，都分明顯現出來了，的確可以改變人們心目中那種病態農民的印象。同時，在這個形象身上，也散發著鮮明的時代信息。30 年代的農民，身受慘重的階級壓迫和民族壓迫，這既使他們經受了太多的苦難，也催動他們去作改變命運的苦鬥。財喜就是不同於思想保守的老式農民老通寶那樣「認命」的人，面對苦難而有自強不息、樂觀進取的精神。他不像秀生那樣多憂多慮，「天塌下來，有我財喜！」是他的生活信條。因此，生活磨礪的結果不是忍氣吞聲，不是退縮畏懼，而是強烈的反抗欲望，是異乎尋常的意志和膽量。在他面前，愛情上的追求和對弱小者的愛憐，兩者很難統一，常常使他陷於複雜的思想矛盾中。這種矛盾心理既寫出了這個苦了大半生的光棍漢對不期而遇的愛情生活的依戀，又袒露了他純潔、厚道的內心世界，對於表現一個正直的農民形象來說，這實在是很有力量的一筆。讀完小說，人們對財喜的「越軌」行動並沒有產生厭惡之感，反而引起同情和贊許，原因就在人物的精神世界是高尚的，的確不失爲善良、正直、樸厚的「眞正農民」。〔註12〕

〔註12〕王嘉良：《茅盾小說論》，第 164～165 頁，上海文藝出版社 1989 年 8 月第 1 版。

四、《水藻行》的審美價值

茅盾在其回憶錄中強調說明他寫《水藻行》是「想告訴外國的讀者，中國的農民是這樣的，並不是像賽珍珠在《大地》中所描寫的那個樣子。」是永駿據此指出：《水藻行》「是一篇向賽珍珠的長篇小說《大地》（1931年）挑戰的充滿激情的小說。」因此，我們有必要從《水藻行》與賽珍珠《大地》的比較中來考察它的審美價值。在這裡，我要特別介紹中國青年學者李繼凱教授在他的論文中提出的富有見地的研究成果〔註13〕。

李繼凱首先告訴讀者，賽珍珠（Pearl Buck）這位美國的女作家曾給30年代的中國文壇帶來了一股不大不小的衝擊波：她的取材於中國農村的長篇小說《大地》，攜著太平洋彼岸的西風吹到了中國的「大地」，引起了一陣可謂熱烈的反響。不惟如此，此風也吹到了東鄰日本，連日本老作家新居格先生也對《大地》推崇備致。特別值得注意的是，在中國以魯迅、茅盾為代表的進步文化陣營，對此不僅沒有保持緘默，相反而是認真對待的。魯迅、胡風、謝冰瑩等人在不同場合從理論上對《大地》作了分析和批評。如魯迅說：「中國的事情，總是中國人做來，才可以見真相，即如布克夫人（指賽珍珠——引者），上海曾大歡迎，她亦自謂視中國如祖國，然而看她的作品，畢竟是一位生長在中國的女教士的立場而已，所以她之稱許『寄廬』，也無足怪，因為她所覺得的，還不過一點浮面的情形。只有我們做起來，方能留下一個真相。」〔註14〕而茅盾，則有意識地針對賽書的創作傾向，從創作實踐上對其進行了有效的抵制和反撥。於是《水藻行》誕生了，並且跨向東瀛，首先展示在日本的讀者面前。

然後，他從作品的基本內容和藝術形式兩個方面進行研究，並予以科學和文學的闡釋。

（一）關於作品基本內容方面的考察

日本學者松井博光在《黎明的文學》中曾指出：如果拿茅盾的《子夜》與布克夫人的《大地》作對比，那麼《大地》自始自終只不過是映在外國人眼裏的、引起好奇心的中國的略圖而已；而《子夜》卻是中國人用刀子刺入自己的肉體，用迸出的鮮血作墨水，一邊呻吟一邊描繪出來的中國現實社會的解剖圖。這段話在相當程度上也可以移作《大地》與《水藻行》的比較觀。

〔註13〕《茅盾研究》編輯部編：《茅盾研究》第4輯，第253頁。
〔註14〕《魯迅書信集·致姚克》。

即就作品的「深刻性」言之，《大地》實難及《水藻行》。當年胡風曾專門撰文對《大地》進行了詳細的評論。其中就對有關「風物志」方面的大量描寫作了概括：「旱災水災；匪亂兵災（戰爭）；迷信和對於神佛的心理；節令的習俗；婚、喪、生子等的風俗；耕種、收穫等的農作方式；人力車夫生活；乞丐生活；大家庭生活（親屬關係）；吃鴉片煙的惡習；禮教觀念；重男輕女的觀念；殺嬰和人口買賣；蓄婢納妾……」〔註15〕在相當程度上這竟成了作者的寫作目的，而未能簡繁得當地使這些描寫爲塑造人物服務。即使就其以主人公王龍爲中心串寫的故事而言，亦有未必合於生活的邏輯的地方。其情節線索大致是：王龍娶妻——勤勞致富——災變逃荒——掠得錢財——眞正發家——地主生涯。其中「勤勞致富」與「掠得錢財」兩處把竈下丫頭阿蘭的「神通」和天賜財源的「福氣」寫得很不眞實，偶然性成分太多，留有明顯的人爲痕迹。尤其要指出的是，由於浮面的東西太多，也阻止了作者去深入腠理、看到更本質的東西。連最起碼的階級分化和剝削壓迫的眞實圖景都被作家以傳教士的「公平」手腕輕輕地掩住了。不錯，她也注意到了中國大地上的貧弱、落後的現象，但她所表現出來的，終於沒有超出所謂的「五鬼鬧中華」之類的水平。如果說賽珍珠在《大地》中也有藝術探求的話，那麼這也就是她所達到的最高層次。

李繼凱認爲，與《大地》不同，茅盾的《水藻行》雖然不過只有賽書二十分之一略多的篇幅，但卻是透視生活的力作。如果說《大地》尚是「大地」的浮光掠影，那麼《水藻行》則是「水鄉」的眞實寫照；如果說《大地》的作者太滿足於獵奇納穢，那麼茅盾則致力於開掘中國農民的「美點」，同時把這種開掘放在了藝術眞實的基礎之上。總的來看，茅盾所遵循的是革命現實主義的創作原則，而賽珍珠則是秉持的自然主義（又摻和了不少主觀假想的成分）創作原則。

對此，我們首先可以從作品的人物塑造方面來論述。因爲茅盾的寫作動機實際也就集中體現在寫一個「眞正的中國農民」並以此來反撥「王龍式」的農民形象這一點上。如王龍與財喜的「命運」就大相徑庭。一個主要靠「天運」、機緣終於發了家，而另一個無論怎樣拼命勞作也擺脫不了貧魔的纏繞；一個不僅娶妻生子，還至於嫖妓納妾，福大意滿，另一個卻無有家室，借居親戚家的羊棚之中，些微的情愛也強被扭曲。從王龍身上，的確表現了他的

〔註15〕胡風：《〈大地〉裏的中國》，《胡風評論集》（上），第 184 頁。

「八字比別人好」這一法則的「威力」。不錯，王龍也有一段「勤勞史」，但那是經不住天災打擊的。恰恰在受了重挫之後，在淪落他鄉，幾為乞丐的時候，卻意外地掠得大批金洋（？）和珠寶，憑藉這些掠來之物，王龍很快由富農而地主地抖起來了。顯然，這發家的「王龍」並不是落難中的「王龍」的必然發展。若說其中因為有阿蘭這樣能幹的女人，那《水藻行》中的秀生大娘也十分能幹，為何就不濟事呢？在那黑暗的年代裏，究竟誰能代表著中國農民的共同命運呢？顯然不是王龍而是財喜。如果把「半截子農民」王龍當成中國農民的典型，那則是不合情理的。相比較，財喜的強健與能幹，恐怕更在王龍之上，而且對天災人禍他都敢於抗爭。但冬日的寒威畢竟不是他個人的勤勞勇敢所能驅逐的，他只有在地上苦苦掙扎，他沒有王龍那樣的「運氣」。然而這卻是符合事實、尊重歷史的描寫，所以只有財喜才配稱「真正的中國農民」的形象。

　　為何會產生如此不同的描寫呢？其關鍵倒不在於對中國農村生活的熟悉生活程度上有差異，而在於他們對生活的理解有著根本的不同。我們知道，雖然茅盾不是「農家子」，但歷史已經把他造就成了「無產階級中人」！他的立場態度再不是一般地同情農民的境遇，而是要站在比農民立場更進步的無產階級的立場上來反映農民命運的。因而也就與具有傳教士眼光的賽珍珠發生了根本的歧異。比如，在賽女士的意識中，某種特殊的「優越感」會使她發出這樣的議論來：「外國人的丟角子（指給拉車的王龍和行乞的阿蘭以施捨——引者）是出於慈悲心，並不是因為不知道拿銅板來給乞丐比角子更合適的緣故，這一層，王龍和他的妻都沒有覺得。」〔註16〕大概正是由於這種「慈悲心」，才使作者偏離了藝術真實的軌道吧。

　　就典型塑造來說，還可以從對主人公「私」生活的描寫上，看出二者的差異來。如前所述，王龍作為「半截子農民」，其後期已過上了財主生涯。不知不覺，《大地》的後半部在性愛的描寫上傾注了大量的筆墨，雖然客觀上也有一些暴露的作用，但那蕪雜的「展覽」式描寫，把這種作用吞沒了，一種不夠健康的審美情調不自覺地便流露了出來。如對王龍與兒子因由取悅女人而互相產生醋意的渲染，就是如此。也許茅盾是受了《大地》的「啓示」「專門寫給外國讀者」意識的支配，在《水藻行》中也寫下了一個重要的「性愛」情節：堂叔喜愛上了堂姪媳婦秀生大娘。如果只作皮相觀，這情節也近乎荒

〔註16〕《茅盾文藝雜論集‧現成的希望》。

唐，但其實茅盾是有著深刻的用意的，不惟以此來與《大地》中動物般的媾求生活描寫作鮮明的對比，突出不在於「寫什麼」，關鍵在於「怎樣寫」的重要性，而且也顯示了茅盾在審美理想上的一種追求。

這從茅盾關於現實主義地去反映人生的論述中可以得到說明。茅盾很欣賞民歌中許多戀歌的風格：「既不帶有偷香竊玉以戀愛為遊戲的怪相，亦不夾色情狂的邪氣」，顯得十分健康，富有情趣而又婉有風致〔註17〕。他並不反對作品中可以寫性欲，但必須「不以為穢褻，亦不涉輕薄，使讀者只見一件悲哀的人生，忘了他描寫的是性欲。〔註18〕的確，從《水藻行》對財喜與秀生大娘的關係以及與茅生的矛盾衝突中，使我們看到的便是那觸目驚心的「悲哀的人生」。只要我們想一下，為什麼財喜無以成家，秀生無以治病，秀生大娘無以擇夫，就必然可以深味這一悲劇的意義了。在作品中，當兇惡的鄉長逼使病中的秀生去築路的場面展現在我們面前的時候，就使我們感到，茅盾所描寫的性愛事件已立在了堅固的現實基礎之上，而且也暗示了它的社會歷史的真正含義，使我們對畸形社會的畸形現象有了更為深切的認識。這就明顯與《大地》中的諸多輕薄描寫相距甚遠了。其主要原因，就在於作者是站在更高的歷史與審美的高度去評價生活的。態度極其嚴肅而莊重。

（二）關於作品藝術形式方面的考察

李繼凱發現，《大地》與《水藻行》在藝術形式上顯然大有差異：一個是長篇，而另一個則是短篇。但我們似可以引出這樣的藝術判斷：後者做到了以少少許勝多多許。其原因就在於一個大而失當，一個卻能因小取大，達到更高的藝術境界。

作品要達到經得住推敲的和時間考驗的程度，必然要求每一細節的真實描寫都須融會到作品的有機整體之中。誠然，《大地》也有一些細節寫得較好。如在第一部分中寫阿蘭為客做好飯菜而自己卻困乏地睡在竈間的稻草堆上，王龍在吃喜酒的客人散去後方來呼喚她，此時「她從睡夢中忽然擎起臂膀來，彷彿防有人打來，自衛著似的。她終於張開兩眼來，用奇異的、無語的眼光向他看」，這就巧妙地把阿蘭辛酸的過去和已做新娘的現在糅合到了一起，而且也暗示了她將來仍復為屈從者的命運。其它如對王龍熱愛土地、憐愛啞女的細節描寫，也都有些動人的力量。但《大地》畢竟以許多的細節不真實或

〔註17〕《茅盾全集》第 18 卷，第 462 頁。
〔註18〕《茅盾文藝雜論集》，第 83 頁。

為「皮毛」的描寫破壞了作品有機的整體統一性，從而大大削弱了它的藝術成就。正如現代作家謝冰瑩曾指出的那樣：「……她那描寫的，僅僅是中國農村社會現象的『皮毛』，而且有些竟連皮毛的描寫，也都不確實的。」〔註19〕譬如作者寫到王龍一家在饑荒中無法撐持的時候，遂議定殺耕牛充饑，而王龍怯而不忍動手，「於是阿蘭踉蹌地走出去，拿了竈間裏的菜刀，在那牲口的脖子上割了一大刀，就將它的性命結果了。她拿了碗盛了血，煮成塊兒給他們吃，又將那大大的屍體剝了皮，砍成一塊塊……」，一切都由阿蘭弄好了，全家老少六口人共吃，只一會兒便吃得淨盡連骨髓也吃掉了。顯然這裡的描寫失真太刺目了。諸如此類的描寫在書中頗有不少。有些描寫則屬於作者幻想出來的，沒有生活根基。譬如衰老的王龍之於少年婢女梨花的親昵關係的描寫，就很造作，因為作者很難把梨花的單純、怯弱與她的病態心理直切地調合在一起。

而茅盾的《水藻行》的細節描寫卻是相當成功的。不僅真實、富有彈性，包孕深刻的內容，而且能夠彼此和諧地聯綴成一個有機的整體。如在描寫財喜駕船前往打撈藻草的途中，帶著強健勞動者特有的那種酣暢粗放的氣概，面對著大自然的景物，財喜「哦——呵！」地「發出了一聲長嘯」。就在這聲長嘯中彷彿使人看到了財喜那股神情奮發、雄健勁挺的姿態來，同時又領略了作為一個粗訥農民那種欲語無詞的表達歡欣的情狀。這又與他在打撈中所唱的那首「姐兒年紀十八九……」的民歌相照應，也與歸途中「提足了胸中的元氣發一聲長嘯」的描寫相映襯，一步步揭示了人物性格深層的內蘊。主調上是肯定財喜的開朗、樂觀、堅強而又熱愛勞動，同時又於次調的配置上揭示了財喜粗莽、逞強和愚魯的一面，而這些又是非常和諧、熨貼地表現出來的，顯得既精練而又明快，能給人留下深刻的印象。再如剛剛為了情愛問題財喜與秀生發生了難以互諒的爭吵，但既已形成的至密關係又使他們情知難以分離。所以作者絲毫不迴避描寫矛盾衝突，但又把握了更為本質的方面。因而，當財喜看到雪中的秀生萎縮在船上時，自然會把自己的破棉襖蓋在秀生的身上。對這一個小小動作的描寫，作者寄寓了深刻的含意，彷彿搭起了一座小小的拱橋，既聯著他們的矛盾衝突，又聯著他們的同命相依；既聯著財喜忘我勞動的場面，又聯著為秀生奔走抓藥和斥逐鄉長的行動，渾然而成

〔註19〕謝冰瑩：《關於〈大地〉——答一個不認識的友人》，《中流》第二卷二期，第136頁。

一片眞實的藝術世界。這樣的描寫遠非大堆蕪雜的「記實」描寫所能比擬。確如魯迅先生當年在介紹《水藻行》等一批短篇小說給日本讀者時說的那樣：「……儘管這些作品還稱不上什麼傑作，要是比起最近流行的外國人寫的，以中國事情爲題材的東西來，卻並不顯得更低劣。從眞實這點來看，應該說是很優秀的。」〔註20〕

另外，讀者還可以從藝術構思、寫景以及作品的格調等方面來看出二者的差異來。從構思的角度講，賽珍珠基本上是採取以一個粗略故事串聯民俗風物的模式，所以大量地掇拾瑣屑的風物、民俗的材料，這與她要取悅西方讀者，以「異域風情」來滿足他們的好奇心理這一創作動機是相一致的。而這又是與她要賺錢養活女兒的動機聯繫在一起的。固然對致力描寫風物的做法不應全盤否定，但在《大地》中已基本顯現爲主導傾向，而眞正的故事本身倒淡化了。以致於幾乎造成了近似這樣的結果：有一幅題爲《大地》主角的漫畫，所畫的不是人而是辮子、小腳、尿壺、鴉片煙槍等等〔註21〕。

茅盾本是擅長中長篇小說創作的作家，對他來說，短篇小說的構思和具體操作有著不下於中長篇的難度。但在《水藻行》中，他做到了在短小的篇幅中舉措得宜地安排藝術意象。這篇小說的整個背景略呈「虛化」狀態，不似《春蠶》那樣具體、眞切。這不僅沒有讓讀者困惑反而使人覺得這裡寫的就是中國農村的過去和當時的現實，與《大地》所描寫的時代背景相當或更加寬廣。在這樣的背景上正可以擺上跨度大、伸張力強的人物形象。因此，我們認爲茅盾在構思和寫作這篇小說時，運用了象徵的方法。從作品的具體描寫中，我們可以看，茅盾主要通過對財喜、秀生、秀生大娘這一患難之家的解剖式的描繪，含有象徵意味地展示了中國農民的「全貌」：身心俱健的充滿希望的農民、身心交病的頹喪無能的農民以及含辛菇苦、具有傳統美德的農村婦女正是中國農民的三大部分。無疑，作爲身心俱健的對生活充滿希望和信心的財喜，在作品中最爲鮮明突出，也最能反映中國農民的本質特徵。中國農民雖然並不是最先進的階級，但卻是充滿希望的階級。作爲一個階級，決不會走上王龍那樣的道路。而財喜呢？卻以其諸多的優良品質顯示了趨向於未來光明世界的表徵。而這種「眞正的中國農民的樣子」，不是早已爲歷史所印證了嗎！

〔註20〕 魯迅：《〈中國傑作小說〉小引》，《魯迅全集・集外集拾遺補編》，第399頁。
〔註21〕 《湖州師專學報》增刊《茅盾研究》第 2 輯，第 304、302、308 頁。

五、《水藻行》的國際影響

《水藻行》是爲外國讀者首先是爲日本讀者寫的；那麼它又是怎樣爲日本文學界接受的呢？是永駿教授的論文使我們得知：由山上正義翻譯的《水藻行》是一篇譯得很傳神的小說，他把原文的對話部分改作農民的土話，增強了譯文的生動性。《水藻行》刊登在《改造》五月號創作欄的卷首。而在這一專欄的卷尾，則刊登的是川端康成的名著《雪國》的其中一節，叫做《手毯歌》，這是一篇感覺敏銳的作品。「可想而知，當時讀者在對這兩篇小說的閱讀對比中，不正是領略到了日中文學不同的風味嗎？當然，這僅僅是推測而已。丸山升引用的本田顯彰的評論是一篇極有意義的文章，〔註 22〕該文說明了山上譯的《水藻行》給日本文壇帶來的衝擊和影響。『主人公財喜的開朗性格與背景的開闊完全和諧，兩者可謂是水乳交融。』本田設問道：同樣的題材，如果是日本的作家，特別是典型的日本風格的作家來描寫的話將會怎樣？恐怕這『開闊的背景僅變成敏感但又狹窄的感覺，對事件曲折的驚歎感覺可能會屢屢出現，但就人物性格和一個個事件之間的關係來講，給人的印象往往會是淡薄的』。這段評論實際上也是對川端康成的《手毯歌》所代表的日本式感覺、日本式的文學風格的評論。本田的文章是把《水藻行》放在與這種日本風格小說相對的位置上來加以評論的，就這點來講，令人注目。」是永駿教授的論文最後強調指出：《水藻行》是一篇短篇小說，然而，可以說，作品本身所處的地位與《大地》不同，作者茅盾以其高度的文學精神在作品中創造了閃爍出現實主義光輝的眞實性。

陳幼石教授對《水藻行》的論文，也使我們看到了這篇作品已在美國的中國文學研究者中引起了人們的重視並開始進行研究。隨著中外學者對這篇作品的更深入的研究和介紹，《水藻行》的歷史價值和美學價值必將得到更深入的開掘，也必將爲更多國家的讀者所喜愛。

1996.5.6 於湖州

（刊於《湖州師專學報》（哲學社會科學）第 19 卷第 2 期，1997 年 4 月出版）

〔註22〕〔日〕丸山升：《一個中國特派員——山上正義和魯迅》；本田顯彰：《日本的感覺——理性的立場——關於〈水藻行〉的文藝批評》，日本《讀賣新聞》1937年 4 月 28 日。

試論茅盾的「城市三部曲」

茅盾曾說，在舊小說中，他喜歡《水滸》和《儒林外史》。並說，「如果有什麼準備寫小說的年青人要從我們舊小說堆裏找點可以幫助他『藝術修養』的資料，那我就推薦《儒林外史》。」〔註1〕然而，在他自己創作的全部短篇、中篇和長篇小說中，通篇運用《儒林外史》諷刺筆法寫作的，則僅有三個短篇：《有志者》、《尚未成功》和《無題》。這三篇小說的故事、人物具有連續性的特點，與他在以前創作的《春蠶》、《秋收》、《殘冬》相似。茅盾晚年在《一九三五年記事》中曾回憶到這三個短篇的創作經過，並且謙遜地寫道：「我這三個連續的短篇，用的是諷刺的揶揄的筆調，在我的短篇小說中也算別具一格。後來有人把這三篇與『農村三部曲（《春蠶》、《秋收》、《冬殘》）對稱』戲呼為『城市三部曲』，其實哪裏夠得上『城市』，它們只不過諷刺了一下那幾年文壇的一種頹風罷了。」〔註2〕但是，這個與「農村三部曲」相對應的「城市三部曲」，研究的人太少了。筆者不揣淺陋，試在本書中對「城市三部曲」作一些初步的探討，希望引起更多人的注意。

一、主人公的苦惱意識

「城市三部曲」的主人公是一個「有志」於文學創作的青年，他的職業開始是教師，後來是政府科員。這位主人公幻想創作一部傑作，成為一鳴驚人的作家。但是五年來，他一個字也沒有寫出來。他為寫作環境不好感到苦

〔註1〕 茅盾：《談我的研究》，《茅盾論創作》，第 26 頁。
〔註2〕 茅盾：《一九三五年記事》，《新文學史料》1983 年第 1 期，第 16、17 頁。

惱，怨妻子、兒子的干擾、怨生活不安定，怨自己的經歷太簡單。創作不成，「生活應該負責！」寫出了一篇新式的言情俠義小說，而當他把這部「傑作」朗誦給夫人聽時，夫人睡著了；送到雜誌社、書店，被編輯退了回來。他更加苦惱了。「城市三部曲」的主人公就是如此一個「有志」而又不得志的苦惱人，主宰這位主人公的思想、言行的是他的苦惱意識。

　　「苦惱意識是痛苦」（黑格爾語）。它是人的主體在客體面前陷入迷津，人的情感無所依傍的一種精神狀態；它也是建立在主觀世界對客觀世界的無力感乃至喪失感基礎上的一種哀歎，苦惱意識往往使人的自我的內在秩序無序化，並導致人的言行脫離常規，向著有悖於正常的方向發展，表現出異常的情感的騷動和理性的扭曲。當然，這種苦惱意識在各色人等身上的表現是絕非一致的。以茅盾的小說人物來說，「大革命三部曲」——《幻滅》、《動搖》、《追求》中「時代女性」身上的苦惱意識，主要表現為信仰的崩潰，理想的幻滅，生活道路上的挫折所造成的憂患、迷惘、苦痛、呻吟；「城市三部曲」這位「有志」的主人公身上，他的苦惱意識最充分地表現在「有志」與不得志、主體與客體、幻想與現實、自我與他人的矛盾、衝突中，如思想的煩悶，對環境與條件的埋怨，對他人的各種各樣的怪罪，以及難以名狀的煩惱和自怨自艾。可以說，他的苦惱意識是由於不得志而心理受到扭曲所造成的，表現於言語、行動，形成了主人公既可笑又可悲的全部性格。首先，主人公的苦惱意識來自於對自己的錯誤認識。在求學時期和執教鞭以來，他就「有志」於文學創作，並且也有了一些創作的「準備」：有一定的文字表達能力，讀過不少作家軼聞趣事，知道許多外國文豪的創作方法，也關心文壇上的情況。然而，實際上他並沒有創作才能，也不具備從事創作的心理素質和文學修養，而對此他太缺乏自知之明，偏偏執意創作。主觀意願與現實條件所發生的巨大矛盾，必然使他陷入異常的苦惱之中。當然，他並非全都委過於人。在「創作」過程中，他也每每「責怪」自己，甚至產生了「難道是我才盡了麼」的疑問。然而，「反思」的結果仍然是自視甚高，自恃有才，最後歸結到：「天造地設的一切，是要破壞我那創作的計劃！」主人公這種對自己的才能的盲目性，導致他作為創作主體的殘缺和畸形，在整個創作過程中始終處於苦惱的折磨之中。其次，他的苦惱意識又產生於對創作條件與創作方式的錯誤領會。誠然，創作是需要一定的條件的。可是這位主人公追求的創作條件只是安逸舒適的生活；創作也要有其方法的，而主人公實行的「創作方法」卻是

對外國大作家寫作習慣與方式的呆板的模仿。因此，他的言行不能不悖於情理而與客觀現實格格不入，甚至是荒誕滑稽，令人發笑的：他住到廟裏又喝了四杯黑咖啡，只在原稿紙第一張上寫下「十來行核桃大的字」，而「看看地上，香煙屁股像窗外天空的星」，這使他既「委屈」又苦惱。然而他怪罪的對象是漢字，「筆畫太多，耽擱了工夫」。他想起西洋文豪伊伯尼茲有女打字員，可以一心一意去捕捉靈感，不必親自動手寫，便不用寫那麼麻煩的漢字。在這方面，他的「知識」很多。而這樣的「知識」越多，他越對「生活」不滿，越不滿又越寫不出，越寫不出就越苦惱。他先是學巴爾扎克的寫作習慣，由於「第一次開夜工成績太壞，他就不敢再學」；接著他「擬丹農雪烏」，到鄉村去騎牛；學托爾斯泰的貴族生活；他遍試各大作家的所謂「創作方法」，其實連皮毛也未學到，而卻認為是掌握了「西洋大文豪」創作的「靈丹妙藥」。錯誤的心態怎樣不產生變態的苦惱意識呢！最後，他的苦惱意識還與他「不達目的決不罷休」——他夫人稱為的「牛性」密切相關。在《無題》中，他的「傑作」終於寫了出來。他強要夫人聽完這部長達四萬字小說的朗誦，又「監制」夫人寫《朗誦記》，準備作為他這部言情俠義小說的附錄。然後，又以「牛性」去一家連一家找書店編輯，……主觀上越是偏執，與現實的距離就越大，所受的挫折也必然越大，苦惱越深。終於，他的苦惱意識以憤怒的形成表現了出來。他怒沖沖地說：「從前，我教書的時候，上課、改課卷，不許我有創作的自由。後來，改業當公務人員了，等因奉此，又妨礙了我的自由創作。現在，天賜其便，中了一條獎卷，我可以有這麼半年八個月不愁生活，我花了三個月創作成功了，誰知我又沒有發表的自由！稿子寄出去，人家很自由的退回來，他媽的！」罵是苦惱意識迸發的極端形式。但是他的「有志」於文學創作的「牛性」並未因無人接受出版和受到種種嘲諷、奚落而有絲毫的改變。他對夫人說：「那部稿子，我暫時不拿出去出版了。不過靈感——創作衝動太旺的時候，我還想寫第二部的。」所以，他自己的盲目性、他「矢志不渝」的「牛性」與客觀現實的一連串矛盾和由此所生的苦惱意識，始終沒有解決。悲喜劇仍將繼續下去。這正是小說的諷刺力量之所在。

二、作品的敘述方式和風格

茅盾在「城市三部曲」中敘述方式不同於傳統諷刺小說。以往的諷刺小說家往往習慣於在作品運用外視鏡（即目擊者的視鏡）作靜態描述。他們在

作品中表現出很強的「作家感」，即胸有全局、超然物外的作家姿態。我們從外國的果戈里、薩克雷和中國的老舍、張天翼的諷刺作品中，可以明顯地看出他們一以貫之地使用外視鏡敘寫的特點。茅盾創作「城市三部曲」，沒有違背傳統諷刺小說創作規律，他也運用外視鏡來作靜態敘述、描寫。與此同時，又運用內視鏡（即角色視鏡）作動態的敘述、描寫。交替地使用外視鏡和內視鏡，靈活地兼用靜態敘述和動態敘述，既使這部「城市三部曲」帶有引人入勝的故事性，又使主人公形象具有鮮明的真實性和深刻的典型性。然而，綜觀全部「城市三部曲」，在敘述方式上，則側重於內視鏡的動態敘述，而且呈現出錯綜變化特點。

　　茅盾多次全使用外視鏡從目擊者的角度描述主人公寫作時的具體描態。這些敘述，顯然充滿了作者的嘲笑和譏諷。讀者從這樣的敘述中可以很明顯地發現作家的主體性。顯然作家仍在客觀地進行敘述、描寫，但在實際上他已超越了所寫的人和事，毫不隱藏地透露出自己的主體意識。同時，茅盾又不時深入主人公的內心世界，尋找其中的奧秘，並讓主人公的內心活動很自然地自己呈現出來。作品主人公為尋找自己「可以稱道的生活」而「請教」夫人的一段描寫，顯然是運用內視鏡以角色的身份進行描述的，因而寫出主人公的鄭重而又可笑的怪異心態。這時，作者在一種深刻的感情體驗中參與到人物（角色）中間，他和人物（角色）產生了視界融合，完全沉浸在對人物的一種真切的擬語和擬態的摹寫之中。由於這種「摹寫」是那樣的真實、準確，所再現的情景就更為直接、逼真。韋勒克和沃倫認為：「小說的本質在於『全知全能』的小說家，有意地從小說中消失，而只讓一個受到控制的『觀點』出現。」〔註3〕這裡的「觀點」一詞不完全是我們通常意義上所說的看法、觀點等，它著重指觀察的角度，這也就是我們所說的作者敘述的視鏡，而且是內視鏡。只有充分運用內視鏡的動態敘述，才能有效地「堅持小說自身一貫的客觀性」。我們知道，「藝術形式，是客觀自然式和主體構建形式的一種吻合。從本質上說，它帶有強烈的主觀色彩，是藝術家對人類經驗、人生哲理所作出的組構；但是這種形態卻又要劃助於客觀自然形態，以期構成一個能夠調動廣泛感應力的層面。於是就為心靈的體現和傳達，創造了『第二自然』。『第二自然』是對『第一自然』的『摹仿』。……由於它的藝術家的心理形式正處於對應或同構關係之中，因此，藝術形式也可看成是藝術家的心理

〔註3〕韋勒克、沃倫：《文學理論》，第252頁。

形式對於客觀自然形式的佔有。」〔註4〕茅盾在「城市三部曲」中，把他的敘述方式著重放在內視鏡的動態敘述之中來進行創作，這使得他的心理形式——諷刺挪揄的心態同藝術形式很和諧地處於「對應或同構關係之中」。作家主體與作品客體達到了高度的統一。

作為一部「別具一格」的諷刺小說，它的成功，是與它的敘述方式的特點互為因果的。茅盾是很少運用外視鏡作靜態敘述的，他的作家姿態在小說中表現地並不強烈。然而他卻有著強烈的參與意識——擬語、擬態，和角色站在一起，與人物「合二而一」。他的作家主體性大部分隱藏在作品之中，所以諷刺的機鋒深藏。作品中明快的幽默和雋永的諧趣，不是經由作者語言直接表露的，而是運用擬語、擬態向讀者傳輸會心或開顏而笑的信息。茅盾總是避開徑直的諷刺，而是使用經過提煉的語言——人物的個性化語言，讓人物作自我表現；通過人物的內部世界與外在世界的對立，提示他的可笑；讓他的主人公在與環境、夫人、批評家、「寂寞的文壇」、編輯以及自身的多方面的矛盾、衝突中，形神俱現，有效地刻劃了主人公愚妄而可笑可悲的性格。這種風格突出地體現了茅盾小說文體的創造性。別林斯基指出：「可以算作語言優點的，只是準確、簡練、流暢，這縱然是一個最庸碌的庸才，也是可以從按部就班的艱苦錘鍊中取得的。可是文體——這是才能本身。……文體和個性、性格一樣，永遠是獨創的。」〔註5〕正是文體獨創性和有機統一性，使得《有志者》、《尚未成功》、《無題》這個「城市三部曲」在藝術上「別具一格」。

（原刊於《溫州師範學報》1988 年第 2 期）

〔註 4〕 余秋雨：《藝術創造工程》，第 192 頁。
〔註 5〕 《別林斯基論文學》，第 234 頁。

茅盾作品中的浙北風景畫及其審美意識

　　茅盾並不是中國現代文學史上的有特定含義的「鄉土文學」作家。然而，他的作品尤其是那些與江南杭嘉湖水鄉有關的作品，其中的鄉土地方色彩是既普遍存在，又鮮明濃厚的。不論是他的小說、散文、雜文，浙江地方色彩是一個很突出的特點。但是，多數學者的眼光大都集中在茅盾作品中的農村生活習俗上，而對其作品中的浙江地方風景的描寫及其文學審美意義，卻有所忽略而未能加以研究和論述。只有極少數的學者談到，又未展開論述。例如捷克學者馬立安・嘎利克在斯洛伐克文版《林家鋪子》前言中說：「有趣的是他的家鄉，位於長江以南的浙江省，是個蠶桑業頗為發達的省份。有人把它稱為中國的『烏克蘭』。那裡有著與我們迥然不同的地理風光。那裡大多是些相對高度僅在兩米之差的丘陵地帶。地勢較高處種植浙江省的闊葉型的桑樹。地勢較低處就種稻穀。全省水網密佈，農業發達，林木蔥鬱，山色秀麗，素有『上有天堂，下有蘇杭』的美稱。茅盾把這美麗的風光寫進了自己的許多短篇裏。」〔註1〕因之，探究茅盾作品中的浙江地方「風景畫」是很有意義的。

　　茅盾作為中國現代文學史上的一位文豪，他筆下的浙江地方「風景畫」，與魯迅、郁達夫、柔石、豐子愷、許傑、許欽文、谷斯範、徐遲等人筆下的浙江地方「風景畫」，在取材、立意、構圖、用筆、著色、風格等方面都是不相同的。因為，他們雖然同為浙江籍的現代作家，但他們的家鄉有的在浙東，有的在浙南，有的在浙西，或者有的在山區，有的在海島，有的在城市，而且各人的家庭出身、所受教育、生活經歷、心理品性有所不同，不能一概而

〔註1〕 李岫編：《茅盾研究在國外》，湖南人民出版社1984年8月第1版，第312頁。

論。即以茅盾與豐子愷、徐遲來說，他們三人的家鄉同在浙北地區，一在烏鎮，一在石門，一在南潯，且相距很近，但由於其他方面的情況不同，雖同為「浙北派」，卻「畫」風各異而自成一家。

一

茅盾在晚年給《浙江日報》寫的散文《可愛的故鄉》中，開頭就說「浙江是個物產豐富，風景秀麗，人材輩出的地方」。所謂「風景秀麗」是以客觀事實為依據的，並非「人人都說故鄉美」的主觀心理感受。浙江的秀麗風景是古今作家、畫家筆下永恒的題材。浙江不僅有西湖、東海，天目森林、莫干修竹、錢江潮、普陀山、新安江、太湖風、雁蕩景、鑒湖水、禹陵景……，又有稻田、桑林、菜畦、果園、石橋、小河、木船、火輪、山寨、漁村……，均為秀麗迷人的風景。茅盾的故鄉烏鎮位於浙江北部的桐鄉縣，屬杭（州）、嘉（興）、湖（州）地區，俗稱「杭嘉湖平原」或「杭嘉湖水鄉」，是「上有天堂、下有蘇杭」的「蘇杭」之中的「絲綢之府、魚米之鄉」，為江南太湖流域典型的水鄉。因此，茅盾筆下的浙江地方「風景畫」的題材大多是杭嘉湖水鄉、平原的風景。筆者認為，主要有天文氣象、田園風光、水網景觀、交通工具等四種類型。試分別論述於下。

（一）天文氣象類風景

日月星辰、風霜雨雪等天文氣象，在杭嘉湖水鄉表現出了不同於其他地域的色彩和形態。茅盾用他的形象思維準確、真實地寫了具有浙北水鄉個性的日月星辰和風霜雨雪。例如：

「清明」節後的太陽已經很有力量，老通寶背脊上熱烘烘地，像背著一盆火。（《春蠶》）

青石板似的天，簡直沒半點雲彩。（《秋收》）。

一抹金黃色的斜陽正掛在窗外天井裏的牆腳。（《小巫》）

太陽的威力好像透過了那灰色的幔，直逼著你頭頂。……站在橋上的人就同渾身的毛孔全都閉住，心口泛淘淘，像要嘔出什麼來。（《雷雨前》）

南風輕輕吹著，河水打著岸邊的豐茂的茅草，茅草蘇蘇地吟，這遠遠近近的水車刮刮地叫。（《霜葉紅似二月花》）

連刮了兩天的西北風，這小小的農村裏就連狗吠也不大聽得
見。天空，一望無際的鉛色，只在極東的地平線上有暈黃的一片，
無力而執拗地，似乎想把鉛色的天蓋慢慢地熔開。(《水藻行》)

一般來說，寫天文氣象較難體現地方色彩，上述例句之所以具有一定地方色
彩，是因為作者運用的比喻或結合著寫的其他事物具有水鄉的特色。

（二）田園風光類的風景

任何一個鄉村，只要有田野菜圃，必會有其風光景色。出現在作家筆下
的田園，也決不是抽象的概念化的田園，而必定是具象化的特定時間和特定
空間的田園。這樣，茅盾作品中的田園風光，就離不開特定的時間和特定的
空間。他筆下的浙江地方田園風光，無一不是舊中國浙北嘉、湖平原的田園
風光，而且是 20 世紀初期的有著近代、現代物質文明色彩的中國江南水鄉的
風光：

那拳頭模樣的椏枝頂都已經簇生著小手指兒那麼大的嫩綠葉。
這密密層層的桑樹，矮矮的，靜穆的，在熱烘烘的太陽光下，似乎
那「桑拳」上的嫩綠葉過一秒鐘就會大一些。(《春蠶》)

大地伸展著無邊的「夏綠」，好像更加平坦，遠處有一簇樹，矮
矮蹲在綠野中，卻並不顯得孤獨，反射著太陽光的小河，靠著那些
樹旁邊彎彎地去了。有一座小石橋，橋下泊著一條「赤膊船」。(《鄉
村雜景》)

廣漠無邊的新收割後的稻田，展開在眼前。發亮的帶子似的港
汊在棋盤似的千頃平疇中穿繞著。水車用的茅蓬像一些泡頭釘，這
裡那裡釘在那些「帶子」的近邊。疏疏落落灰簇簇一堆的，是小小
的村莊，隱隱浮起了白煙。而在這樸素的田野間，遠遠近近傲然站
著的一團一團，卻是富人家的墳園。(《水藻行》)

這類水鄉田園風光，以桑林、稻田、村舍及其他景物為主要內容；離開了桑
林、稻田，就沒有了嘉湖「絲綢之府、魚米之鄉」的特色。

（三）水網景觀類風景

茅盾故鄉烏鎮屬浙江省嘉興市桐鄉縣，在這塊平原上水網縱橫交錯，既
灌溉桑林稻田，又為飲水之來源，且以舟船交通各地。烏鎮地勢低窪，海拔 3
米左右。它以市河車溪為主幹，水系四通八達，南經金牛塘、白馬塘，與古

運河相連；西與苕溪、東長山港、中長山港、西長山港相連；北接爛港塘，與太湖相通，東流進入嘉興市境內。縈回鎮周的還有百子橋港、橫港、白牆港、虹橋港、北港、坦橋港、桃花港、東施奧港、三里涇、十景塘、紫英塘、觀塘等眾多河港溪流。這些水網景觀早在茅盾童年少年時代就為他熟悉，一旦創作便湧現出來而進入作品。例如：

> 河流彎彎地向西去，像一條黑蟒，爬過阡陌縱橫的稻田和不規則的桑園，愈西，河身愈寬，終於和地平線合一。在夏秋之交，這快樂而善良的小河到處點綴著銅錢的浮萍和絲帶樣的小草，但此時都被西北風吹刷得精光了，赤膊的河身在寒威下皺起了魚鱗般的碎波，顏色也憤怒似的轉黑。（《水藻行》）

> 這鄉鎮裏有的是河道。鎮裏人家要是前面靠街，那麼，後面一定靠河，北方用弔桶到井裏去打水，可是這個鄉鎮裏的女人永遠知道後房窗下就有水，這水永遠是毫不出聲地流著。半夜裏你偶爾醒來，會聽得窗外（假使你的臥室就是所謂靠河的後房）有咿咿啞啞的櫓聲，或者船娘們帶笑喊著「扳艄」，或者是竹篙子的鐵頭打在你臥房下邊的石腳下——錚的一響，可是你永遠聽不到水自己的聲音。

> ……河水是「活」的，它慢慢地不出聲地流著，即使洗菜洗衣服的地方會泛出一層灰色，刷馬桶的地方會浮著許多嫩黃色的泡沫，然而那莊嚴的靜穆的河水慢慢地流著流著，不多一會兒就還你個茶色的本來面目。（《大旱》）

上述二例，一寫田野中的河，又一寫鄉鎮間的河。雖然一則為描寫，另一則為敘述，表達方式不同，但都把杭嘉湖水鄉的河、港、湖、浜的景觀特色真實地描繪了出來。

（四）交通工具類風景

杭嘉湖平原既然是水網地帶，其陸地交通多以橋相連，除村中溪流上有小木橋外，大多是石拱橋，而其水道交通所憑藉的則唯一是船，農民用的是烏篷船、「赤膊船」（無船篷、艙室，不能遮擋風雨的木船），載客運貨的有較大的航船（快班船），以及使用引擎以柴油作動力的「小火輪」。茅盾在其作品中多次寫到這水鄉獨特的交通工具——船。例如：

> 嗚！嗚，嗚，嗚，——

　　汽笛叫聲突然從那邊遠遠的河身的彎曲地方傳來，就在那邊，
蹲著又一個繭廠，遠望去隱約可看見那整齊的石「幫岸」。一條柴油
引擎的小輪船很威嚴地從那繭廠向老通寶來了。滿河平靜的水立刻
激起波浪，一齊向兩旁的泥岸卷過來。一條鄉下「赤膊船」趕快攏
岸，船上人揪住了泥岸上的樹根，船和人都好像在那裡打秋韆。軋
軋軋的輪機聲和洋油臭，飛散在這和平的綠的田野。（《春蠶》）

　　錢良材盤腿坐在那窄而低的烏篷船中，看看船頭上那個使槳的
船夫很用勁似的一起、一落扳動那支大槳，時時替他捏一把汗。那
尖尖的船頭，剛夠容受船夫的屁股，從船中望去，三面包圍那船夫
的，全是水，每當他用力扳漿，兩腿往前伸，上半個身子：往後仰
的時候，當真像要仰天翻落水裏似的。好像船尾那支櫓不過虛應故
事而已，船頭那支大槳才是主力。（《霜葉紅似二月花》）

以上二例分別寫出在嘉湖水道中航行的小輪船、赤膊船和烏篷船的情景。當
然，具體的時間、空間有所不同。其實，即使是同一種船，它在不同的季節、
不同的天氣、不同的地點、不同的情況中，都會產生出各不相同的「風景」。

二

　　茅盾在描繪杭嘉湖水鄉農村、集鎮的風俗的同時，也描繪出一幅獨具藝
術特色的杭嘉湖水鄉村鎮的「風景畫」。對這一幅幅別具魅力的「風景畫」進
行鑒賞，可以發現它們顯示出以下的藝術特色：

　　第一、**自然美與社會美融為一體**。美學認為，自然美是指自然界中所存
在的、不是人為創造的而且大體是不涉及社會意義和作用的美。但是，美感
是人的意識之一，因此自然界中的事物呈現在人的面前，總是帶有一定的社
會性的。當一個作家經過自己的審美之後寫進作品中的自然景物，就染上了
他的意識色彩。然而，這種意識色彩是無法從根本上改變自然景物本身的美
的自然性的，所謂「暮春三月，江南草長；雜花生樹，群鶯亂飛」的江南風
光，無論是哪個歷史時期哪個階級階層的作家，都會認為它是美的。在茅盾
筆下，自然風景的美極少是孤立存在的，大多是與社會美結合起來而成為審
美對象的，以桑樹來說，這種構成杭嘉湖水鄉風景一大特色的樹種，猶如構
成西北黃土高原風景一大特色的白楊，它的形狀、姿態、色彩、生命無一不
與水鄉農民的生活和命運連在一起。茅盾寫桑樹、桑林的美，也寫出了水鄉

農民心靈的美。在《春蠶》開頭，他六次寫桑樹、桑林：「岸邊成排的桑樹」、「拳頭模樣的椏枝頂都已經簇生著小手指兒那麼大的嫩綠葉」、「大片的桑林、矮矮的、靜穆的」、「那些桑拳上怒茁的小綠葉兒」、「那綠絨似的桑拳上的小手指兒模樣的嫩葉，現在都有小小的手掌那麼大了。老通寶他們那村莊四周圍的桑林似乎長的更好，遠望去像一片綠錦平鋪在密密層層灰白色矮矮的籬笆上」。這些描寫十分逼真地寫出了桑拳、桑樹、桑林具有的多種美：既有靜態美又有動態美，既有形體美又有色彩美，既有個體美又有群體美，既有秀婉美又有壯闊美。讀者不能不驚歎茅盾「畫」桑樹技巧之高超！而有如此眾多美感的桑樹出現在《春蠶》的開端，乃是因為此時的主人公老通寶正滿懷著希望：「才只得『清明』邊，桑葉尖兒就抽得那麼小指兒似的，他一生就只見過兩次。今年的蠶花，光景是好年成。」當他聽到小寶唱「清明削口，看蠶娘娘拍手」之後，「皺臉上露出笑容來。他覺得這是一個好兆頭。他把手放在小寶的『和尚頭』上摩著，他的被窮苦弄麻木了的老心裏勃然又生出新的希望來了。」桑樹外形之自然美與人物內心之社會美緊密地結合在一起，相得益彰。

第二、**特殊性與普遍性完美結合**。茅盾在《關於鄉土文學》一文中曾指出鄉土文學「在特殊的風土人情而外，應當還有普遍性的與我們共同的對於運命的掙扎。一個只具有遊歷家的眼光的作者，往往只能給我們以前者，必須是一個具有一定世界觀與人生觀的作者方能把後者作為主要的一點而給與了我們」。〔註2〕這裡論的是「鄉土文學」，但也適用風景描寫。風景描寫就應該寫出地方色彩，又有主人公對於命運的掙扎、奮鬥的描寫以表現文學作為人學的普遍性功能。茅盾正是這樣來「畫」杭嘉湖水鄉田園風景尤其是河水景觀的。在浙北平原水網地帶，其河水的特殊奇異表現在茅盾筆下就是純正的「江南『水鄉』的風光」。他在《大地山河》中寫道：「住在西北高原的人們，不能想像江南太湖區域所謂『水鄉』的居民的生涯；缺少那交錯密佈的水道的西北高原的居民，聽說人家的後門就是河，站在後門口（那就是水閣的門），可以用吊桶打水，午夜夢回，可以聽得櫓聲欸乃，飄然而過，總有點難以構成形象的罷？」而如《大旱》中所寫的「這鎮裏的河是人們的交通要道，又是飲料的來源，又是垃圾桶」則在外地人看來顯得特殊，無論如何難於理解：「清早你靠在窗外眺望，你看見對面人家在河裏洗菜洗衣服，也有人

〔註2〕原載《文學》第6卷第2期，後載《茅盾文藝雜論集》上冊，第576頁。

在那裡剖魚，魚的鱗甲和腸子在水面上慢慢的漂流，但是這邊——就在你窗下，卻有人在河水裏刷馬桶，再遠幾間門面，有人倒垃圾，也有人挑水，一挑回去也吃也用。要是你第一次看見了這種種也許你胸口會覺得不舒服，然而這鎮裏的人永遠不會跟你一樣。河水是『活』的……」猶如浙北水鄉的人難於理解：「黃河在水淺季節，就是幾股細水」，「學生們捲起褲管，就徒涉了延水」，在烏魯木齊河「馬車涉河而過」；而在夏季漲水時，「延水一次上流漲水，把『女大』用以繫住浮橋的一塊幾萬斤重的大石頭沖走了十多丈路。」〔註3〕但是，河水為害給人類帶來的災難卻是南方北方都一樣的，而天旱無水也同樣使農民受害這種普遍性在茅盾筆下也表現得栩栩如畫：「連下了十天雨，什麼港什麼浜就都滿滿的了，鄉下人就得用人工來排水，然而港或浜的水只有一條出路：河，而那永遠不慌不忙出聲流著的河就永遠不肯把多餘的水趕快帶走。反過來，有這麼二十天一個月不下雨，糟了，港或浜什麼的都乾到只剩中心裏一泓水，然而那永遠不慌不忙不出聲流著的河也是永遠不會趕快帶些水來喂飽港或浜。」〔註4〕鄉民只好「沒晝沒夜的兜水」抗旱。

鍾桂松在《好似故鄉，不似故鄉，勝似故鄉》〔註5〕中對茅盾作品多次出現的「一條不大不小的內河」作過很有見地的分析。他認為，茅盾由於從表現時代出發來描繪農村生活，運用故鄉的自然景觀，因而這條河在不同作品裏也就作了各種不同的「變形」處理，起到了各種不同的作用。《秋收》中的內河，成了農民覺醒的見證物；《水藻行》中的內河，成了江浙農民勞動的場所，《當鋪前》、《霜葉紅似二月花》的內河，卻成為資本主義勢力入侵農村的見證物。他的這些論述，也說明茅盾筆下的「風景畫」確實是具有特殊性與普遍性完美結合的特色的。

第三、繪風景與寫人物有機統一。在茅盾的散文中，風景描寫是單獨存在的，一篇散文就是一幅「風景畫」，如《雷雨前》。但即使如此，茅盾的「風景畫」中也有人，也有人的活動。而在小說中，風景描寫就無一不是作為人物的環境或表現作品的氛圍而存在的。茅盾從其「為人生的藝術」的文學觀出發，很早就公開表明：「我就不相信文學的使命是在讚美自然！」〔註6〕他

〔註3〕《大地山河》，《茅盾全集》第12卷，第92頁。
〔註4〕《大旱》，《茅盾全集》第11卷，第272頁。
〔註5〕《論茅盾的創作藝術》第87、88頁，浙江文藝出版社1987年3月第1版。
〔註6〕《評四五六月的創作》，《茅盾文藝雜論集》上冊，第59頁。

在以後多次指出：「環境描寫必須與人物的行動和感情聯繫起來。」基於如此明確的認識，茅盾在作品中自覺地把繪風景與寫人物有機地統一起來，使自然風景的描繪成為整個作品的組成部分。即以《雷雨前》這篇散文來說，主要是寫雷雨前的天空「張著個灰色的幔」，以及從這「灰色的幔」外邊傳來的閃電，還有蒼蠅、蚊子、蟬。這是一篇象徵色彩濃重的作品，其中的景物無一不是杭嘉湖水鄉的景物：小石橋、灰色的天空、乾涸的小河、龜裂的田土、悶熱的空氣、戴紅頂子像個大員模樣的金蒼蠅、哼聲似老和尚念經老秀才讀古文的蚊子、唱高調的蟬兒。與描繪這些浙北水鄉自然景物的同時，茅盾在作品中著力寫了「人」：那「清早起來，就走到那座小石橋上。摸一摸橋石，竟像還帶點熱」的「我」，「把這些石頭又焙得熱烘烘」的躺在橋石上的「兩三個人」，「站在橋上的人」「就跟住在抽出了空氣的大筒裏的似的，人張開兩臂作力行一次深呼吸，可是吸進來的只是熱辣辣的一股悶氣」，那「像快乾死的魚，張開了一張嘴」的「人」，還有當雷雨到來前「焦躁地等著」、「拿著蒲扇亂撲」蚊蠅、「汗也流盡了，嘴裏乾得像燒」的「你」。景與人互相影響，人與景密不可分。鑒賞這風景畫的人會說：這確實是杭嘉湖水鄉酷暑乾旱季節的景物和人物！至於茅盾小說中的自然風景，不論是《春蠶》中的河、溪、風雨、太湖石、鵝孵石、小徑，……都是與人物描寫緊密結合在一起的，都成為有機的整體畫面生動地呈現在讀者的眼前。

第四、寫景物與抒情感相輔相成。王國維在《人間詞話》裏指出：「一切景語皆情語，」詩歌中的寫景應如此，小說、散文中的寫景也大多如此。茅盾作品中的浙江地方風景描寫，只能是茅盾式的，或者是與作品中的人物情感有關的，或者是抒發作者情感，或染有作者情緒情感的。以散文為例，1934年1月他在《申報月刊》發表了一篇題為《冬天》的散文。他回憶道：「十一二歲的時候，我覺得冬天是又好又不好。大人們定要我穿了許多衣服，弄得我動作遲笨，這是我不滿意冬天的地方。然而野外的茅草都已枯黃，正好『放野火』，我又得感謝『冬』了。」在烏鎮鄉村，「照例到了冬天，野外全是灰黃色的枯草，又高又密，腳踏下去簌簌地響，有時沒到你的腿彎上。是這樣的草——大草地，就可以放火燒。」接著，茅盾寫他與夥伴們從「放野火」中獲得的刺激和歡樂：「我們都脫了長衣，劃一根火柴，那滿地的枯草就畢剝畢剝燒起來。狂風著地卷去，那些草就像發狂似的騰騰地叫著，夾著白煙一片紅火焰就像一個大舌頭似的會一下子把大片的枯草舐光。」讀了這樣的作

品，你不能不讚歎它的寫風景與抒情感的一致和相輔相成。再說茅盾的小說。
他那些以寫浙北水鄉農民、小商人生活爲題材的小說，多處寫到當地的自然
景物。這些自然景物描寫不像散文中的那樣直接和人物情感發生關係，然而
透過它的描寫，讀者仍然會感知其中蘊含或散發出的情感氣息。例如，《水藻
行》中寫出的西北風狂掃下的水鄉田野多景：「散散落落七八座矮屋，伏在地
下，甲蟲似的。新稻草的垛兒像些枯萎的野菌；在他們近旁以及略遠的河邊，
脫了葉的烏桕樹伸高了新受傷的椏枝，昂藏地在和西北風掙扎。」《殘冬》裏
出現的冬景則是：「連刮了幾陣西北風，村裏的樹枝都變成光胳膊。小河邊的
衰草也由金黃轉成灰黃，有幾處焦黑的一大塊，那是頑童放的野火」。「要是
陰天，西北風吹那些樹枝又又地響，彤雲像快馬似的跑過天空，稻場上就沒
有活東西的影蹤了。全個村莊就同死了的一樣。全個村莊，一望只是死樣的
灰白」。這些肅殺、淒涼的水鄉冬季景觀，與作品的整個基調，主人公命運的
走向是十分合拍的。這種寫法是很符合藝術規律的。一件藝術作品，外表與
內涵應渾然一體。以小說的寫景來說，就「應當既是『寫景』，又是『抒情』」
〔註7〕。這是因爲，「一段風景描寫，不論寫得如何動人，如果只是作家站在
他自己的角度來欣賞，而不是通過人物的眼睛、以人物當時的思想情緒，寫
出人物對於風景的感受，那就會變成沒有意義的點綴。」〔註8〕按此原則創作
「風景畫」，就會既寫景又抒情，達到「景」與「情」的和諧與統一。茅盾的
浙江地方風景描寫毫無疑義是具有這種藝術特色的。

三

　　茅盾是一位具有強烈的現代意識的作家，這種現代意識不僅指現代社會
意識而且包括現代審美意識，而現代審美意識中又包含著社會審美意識和自
然審美意識。

　　自然與社會，都是人類活動與生存的場所，本來應該是和諧統一的，理
應爲人的全面自由的發展提供條件，開闢道路。然而從古到今，它們卻常常
處於尖銳對立的情勢之中。於是自然與社會的對立就成爲人類文化史上一個
反覆出現的母題。茅盾創作以浙北水鄉自然景物爲題材的「風景畫」，以及那
些散發著濃重地方色彩的浙北水鄉村鎮生活的「風俗畫」，都與這個母題有著

〔註7〕 《談最近的短篇小說》，《茅盾文藝雜論集》上冊，第296頁。
〔註8〕 《關於藝術的技巧》，《茅盾文藝雜論集》上冊，第201頁。

或親或疏的關係。從他的多篇作品可以看出他和其他一些現代作家一樣，常常流露出一種嚮往自然、眷戀自然的情緒。他在《鄉村雜景》一開頭就寫道：「人到了鄉下便像壓緊的彈簧驟然放鬆了似的」。「在鄉下，人就覺得『大自然』像老朋友似的嘻開著笑嘴老在門外徘徊——不，老實是『排撻直入』，蹲在你案頭了」。又說：「我愛的，是鄉村的濃鬱的『泥土氣息』。不像都市那樣歇斯底裏，神經衰弱，鄉村是沉著的，執拗的，起步雖慢可是堅定的，——而這，我稱之爲『泥土氣息』」﹝註9﹞。茅盾如此嚮往、熱愛自然——故鄉的「泥土氣息」，主要不是因爲他把自然當作「人化的自然」，也不是因爲把自然作爲美感觀照的對象而去欣賞自然景物形式諸要素的優美、和諧與整一，而是基於：第一，在現實層面是爲了尋找心靈的慰藉。這就是他所說的「大自然」像是自己的老朋友，和老朋友在一起心情自然會愉悅、輕鬆。第二，在哲學層面是爲了尋求人性的復歸。茅盾和其他現代作家都不僅著眼於現實社會的苦境，而且還著眼於人性異化的事實。半殖民地半封建的社會極大地扭曲了人的自然本性，使人淪爲商品世界和自身功利欲望的奴隸，喪失了作爲人的本質存在，精神麻木不仁而不自覺。茅盾說自己「生長在農村，但在都市長大，並且在都市裏飽嘗了『人間味』，我自信我染著若干都市人的氣質，我每每感到都市人的氣質是一個弱點，總想擺脫，卻怎麼也擺脫不了，然而到了鄉村住下，靜思默念，我又覺得自己血液裏原來還保留著鄉村的『泥土氣息』。」從《故鄉雜記》、《大旱》、《香市》、《戽水》等散文，從《春蠶》、《秋收》、《殘冬》、《當鋪前》、《林家鋪於》、《霜葉紅似二月花》等小說，都可以從現實層面和哲學層面上理解茅盾的審美意識特別是他的自然審美意識。

茅盾與郭沫若的自然審美意識顯然不同。郭沫若公開宣稱「一切自然都是自我的表現」。他在《女神》中描繪的眾多的自然景物，都不是客觀地表現眞實的自然景物，而是經過充分主觀化之後創造出來的意象，它們已經失去了自然的本來面目而成爲詩人主體精神的有機載體。而茅盾卻是客觀地觀察並眞實地再現自然景物的本來面目。如春天裏生機勃勃的桑樹，夏天乾旱天氣中的河浜，秋季颱風暴雨造成的水災，冬季蕭殺、淒涼的鄉野，都不是作爲作者「自我表現」的載體，而是爲作品中的人物性格塑造和環境氣氛的烘托、渲染而服務的。在 1936 年，他在《創作的準備》中寫道：「一篇作品也少不了許多助成『氛圍』的描寫，例如『故事』所在地的風景，『故事』發展

﹝註9﹞《鄉村雜景》，《茅盾全集》第 11 卷，第 179 頁。

時的自然現象（月夜、雪朝、晴、雨、大風，陰霾等等），乃至家畜、飛蟲、室內外的裝置，『人物』的服裝，……這一切，是襯托出『人物動作』使其凸現而具有一定情調的。……『氛圍描寫』不夠或太多，都可以損傷作品的情調。錯誤的『氛圍描寫』簡直是一篇作品的致命傷。」〔註10〕這種「氛圍描寫」必須是真實的，而不能作為「自我的表現」想怎麼改變就怎麼改變的。

茅盾在描寫浙北水鄉「風景畫」時透出的審美意識的另一個重要方面，是他總是把「人」作為「風景」的構成內容之一。在他筆下出現的田園、集鎮景觀、自然物象、房舍建築等，其中都有人的存在和人的活動。就像中國古代山水畫，其中總有人（哪怕畫得很小）或房舍。當然，茅盾筆下從未出現過這種「山水畫」，或者可以說，從未出現過離開人物形象塑造或表現人的活動、情感的「風景畫」。茅盾是一位具有現代意識的偉大的現實主義作家，他在進行審美活動時，總是既熱愛社會又熱愛自然，既關注天然存在的「第一自然」又關注人創造的「第二自然」。他說：「並不是把鄉村當作不動不變的『世外桃源』，所以我愛。也不是因為都市『醜惡』，都市美和機械美我都讚美的。我愛的，是鄉村的濃鬱的『泥土氣息』。」〔註11〕他又說：「自然是偉大的，人類是偉大的，然而充滿了崇高精神的人類的活動，乃是偉大中之尤其偉大者！」「在這裡，人依然是『風景』的構成者，沒有了人，還有什麼可以稱道的？」「……人類的高貴精神的輻射，填補了自然界的貧乏，增添了景色，形式的和內容的。人創造了第二自然！」〔註12〕因此，在茅盾小說中，或在他的散文中，「風景畫」與「風俗畫」總是同時存在，而且以「風俗畫」為主，「風景畫」為輔。

茅盾創作浙北水鄉「風景畫」的審美意識還有一個重要方面，這就是：滿懷著對民族和人民命運的憂患意識，從宏闊、遼廣的審美視野中捕捉「風景」的各種物象。茅盾筆下的浙北水鄉「風景畫」大多創作在三十年代、四十年代。處在整個民族自救吼聲高漲、全民奮起與侵略者進行殊死戰鬥的歷史時期的茅盾，他在審美活動時絕不可能離開中國的現實而去尋找溫文、閒適、和諧、寧靜之類，他發現的故鄉的「風景」之美，都充滿著悲涼、哀愁、騷動，殘缺等特徵。《春蠶》、《秋收》、《殘冬》中的風景如此，《霜葉紅似二月花》、《雷雨前》、

〔註10〕　《茅盾論創作》，第 474 頁。
〔註11〕　《鄉村雜景》，《茅盾全集》第 11 卷，第 179 頁。
〔註12〕　《風景談》，《茅盾全集》第 12 卷，第 13 頁。

《大旱》、《鄉村雜景》、《故鄉雜記》中的風景也莫不如此。可以說茅盾的故鄉「風景畫」一反傳統的田園文學的「溫柔敦厚」風格和藝術趣味，而在審美趣味上找到了一個同現代中國的歷史變化進程相一致的新天地。

茅盾創作浙江地方「風景畫」的審美意識主要是以上三個方面。

總之，茅盾作品中的浙江地方「風景畫」種類繁多，色彩豐富，內容深厚，形式新穎，時代感強，鄉土氣濃，物與人相輝映，景與情共交融，藝術魅力強烈，文學價值高超。這些「風景畫」與其「風俗畫」、「人物畫」一起形成茅盾文學光輝燦爛的畫卷，從而成為中國現代文學和世界文學的瑰寶。

（原刊於《茅盾研究》第九輯 文化藝術出版社 2005 年 6 月第一版）

從顧仲起到《幻滅》中的強連長

　　塑造小說中的典型人物有兩種方法，其一是根據自己所熟悉的某一人物，以這一人物作為模特兒，再經過藝術加工而成；其二對眾多的人物進行觀察、概括，然後進行藝術加工、提煉而創造出來。優秀作家都是擅長這兩種典型化的方法的。文學大師茅盾經常運用的是後一種方法，即如魯迅所說是「雜取種種人合成一個」，如吳蓀甫、林老闆、老通室……等等。然而他筆下的某些人物，有時也用第一種方法，即根據一個模特兒進行加工來寫成，如《幻滅》中的強連長就是這樣一個人物。

　　茅盾早在 1933 年 5 月就指出，他在《幻滅》中「把三個女性做了主角，不是偶然的。稍稍知道我的生平，但和我並不相識的人們，便要猜想那三位女性到底是誰，甚至想做『索隱』，然而假使他們和我熟識並且也認識我的男女朋友，恐怕他們就會明白那三個女主角絕對不是三個人，而是許多人，——就是三種典型」。〔註 1〕而作為茅盾「注意寫的」靜女士的戀人強連長，情況卻與這三個女主角不同，茅盾在寫作《幻滅》64 年之後披露：「強連長這人有一小部分是有模特兒的，這就是顧仲起。」〔註 2〕

　　關於顧仲起，茅盾在寫回憶錄時有三次提到他。在寫《文學與政治的交錯》一章時，茅盾回憶他被選為中共上海兼區地方執行委員會委員以後，接著寫道：「因此我曾到蘇州去過幾次，找在那裡有過文字關係的人（例如我編《小說月報》時曾投過稿或通過信的），發展為黨團員。在南通，有個南通師範學校的學生顧仲起曾經投稿（詩），思想左傾，可以先和他通訊，慢慢發展

〔註 1〕茅盾：《幾句舊話》，《茅盾論創作》第 6 頁。
〔註 2〕茅盾：《創作生涯的開始》，《新文學史料》1981 年第 1 期。

他為團員。」〔註3〕這是第一次提到顧仲起。可是這段文字在《我走過的道路（上）》裏已被茅盾刪去。刪去的原因從後文看，是為了避免重複，也為了更集中交代顧仲起其人其事。

第二次提到顧仲起是在《一九二七年大革命》一章裏。茅盾回憶到他和孫伏園「聯絡了十個人，組成了『上游社』。這十個人是沈雁冰、陳石孚、吳文棋、樊仲雲、郭紹虞、傅東華（當時不在武漢），梅思平、顧仲起、陶希聖、孫伏園。……我只在《上游》創刊號上（三月二十七日）寫過兩篇文章：一篇是為了詩集《紅光》寫的序，《紅光》的作者顧仲起是我在一九二五年初介紹他去黃埔軍校從軍的青年作家，現在他也來到了武漢，而且居然沒有放棄文學。可惜這本詩集和它的作者，後來都不知音訊了！」〔註4〕這一段回憶文字對我們瞭解茅盾與顧仲起的關係很重要，可以使我們知道茅盾從事文學工作初期是怎樣培養青年作家，引導文學青年獻身革命、報效祖國的。稍感不足的是這段回憶敘述得太簡略了。

在《創作生涯的開始》一文中，茅盾對他與顧仲起的交往作了進一步的回憶。這段文字敘述得較詳細，主要內容是：一、顧仲起在1923年常給《小說月報》投稿，當時他是「因為參加學生運動被學校開除」，「離家出走到上海，在碼頭上當搬運工人，也做過其他各種雜工」。二、1925年初，茅盾為顧仲起報考黃埔軍校寫了介紹信，並和鄭振鐸一起為他湊了路費；「兩星期後，他給我們來了一封信，說他要上前線打仗去了。記得我當時還寫了一篇文章叫《現成的希望》，對這位有著豐富下層生活經驗的青年作者寄予很大的希望。」三、一九二七年顧仲起找到茅盾時已是國民革命軍第四軍某師連長，茅盾從談話中發現他當兵打仗只是為了尋求刺激，原有的理想和反抗思想已經消失，但他仍在寫作，於是茅盾邀他加入了上游社。四、「《幻滅》中的強連長就有一部分取材於顧仲起，寫這樣的一種人對革命的幻滅。」〔註5〕

茅盾在上述回憶中提到的《現成的希望》一文，原載《文學》週報第164期，出版於1929年3月16日。這篇文章的開頭就寫到他介紹中顧仲起投考黃埔軍校的事：

　　　　曾經在《小說月報》上和諸君見過面，曾經在大碼頭的輪船上

〔註3〕茅盾：《文學與政治的交錯》，《新文學史料》1980年第1期。
〔註4〕茅盾：《我走過的道路（上）》，第337～338頁。
〔註5〕茅盾：《創作生涯的開始》，《新文學史料》1981年第1期。

和水手打過架，曾經在上海跑馬場裏做過工、拔過草——這些事，他曾經作一篇小說來描寫的——顧仲起君，兩月前到廣東黃埔陸軍教導團裏去當兵去了。仲起君因爲考教導團先須二人介紹，曾拉我做個湊數的介紹人；我那時聽他說著，不住把眼瞅著他那瘦削的面龐和那一雙曾經拔過跑馬廳裏的綠草的粗手；照他那雙手看來，他是有資格拿槍的，但是我一看他的面龐，不禁怕他擔當不了軍營中的鐵也似的生涯。

他一去有兩個月了，正當廣東東江戰雲瀰漫的時候。前兩星期接到他的來信，說他的一班，也要開到前敵，嘗嘗沙場的滋味了；他並且說，「幸而生還，還要把親身經歷做幾篇小說」。我知道他一定是「生還」的，因爲他們雖然開赴前敵，大約不過擔任後方警備，未必上火線罷？我很慶幸我大概準可以看見他所應許我的幾篇小說了。

從以上兩段話來看，茅盾和顧仲起的關係是很好的，怪不得茅盾在《現成的希望》的篇末說：「我的現成的希望，便是顧仲起君了」。

的確如茅盾所說，顧仲起在文學創作上是很有希望的。我們從很少的一些資料知道：顧仲起原名自謹，1903 年生於江蘇省如皋縣白蒲鎮西鄉顧家垮的一個破落地主家庭。兄弟四人，他排行第三，從小過嗣給擔任任小學教師的伯父。幼年就讀古詩和《三國演義》、《水滸》、《紅樓夢》等古典小說。讀小學時，各科成績優良，國文爲全班之冠。五四時期，他正在南通的通州師範學校學習。他因受進步思潮的影響，開始寫作以反帝反封建爲內容的白話詩文，在當地報刊發表。1922 年下半年，顧仲起因參加學生運動被學校當局開除，回鄉後又受到父親、伯父斥責和其他人的奚落，於 1923 年初毅然離家流浪到上海。他在上海的第一年裏，曾在街頭賣報，在外灘碼頭當搬運工人，在跑馬廳清除雜草，拉過板車，有時不得不求乞度日，飽嘗了失學、失業、貧病、凍餒的人間辛酸痛苦。他於是拿起筆描寫舊社會的貧富縣殊的黑暗現實，抒發自己掙扎於生活激流中的深切感受。先後在《小說月報》上發表了《深夜的煩悶》、《最後的一封信》、《風波的一片》、《碧海青天》等短篇小說[註6]，引起了讀者的注意。1925 年初，顧仲起經茅盾、鄭振鐸介紹考入廣東黃

[註 6] 《小說月報》1923 年第 14 卷，第 7、8、9、10、11 期，1924 年第 15 卷第 1 期。

埔軍官學校教導團，不久即參加中國共產黨。隨後參加東江戰役，先任班長，後升爲排長，北伐時擔任連長、連黨代表，並在國民黨革命軍第八軍政治部做過宣傳工作，在該部宣傳科出版的《前敵》雜誌第十一期和第十二期上發表過兩篇文章：《安國軍之內幕》、《總理逝世兩週年中之國民革命軍》。曾在武漢加入茅盾發起成立的文學團體「上游社」。1927 年大革命失敗後他先去上海，後流亡天津。1928 年初又回到上海，加入革命文學團體太陽社。在生活十分艱苦的情況下，他勤奮地寫作，出版了短篇集《生活的血迹》、《笑與生》、《愛情之過渡者》、《墳的供狀》，中篇《葬》和《殘骸》。1929 年初，他「由於出身於非無產階級，又沒有得到徹底改造，政治上的苦悶，經濟的壓迫，終於使他走上了自殺的道路。」〔註7〕他葬身黃埔江的自殺是消極的，作爲一個共產黨員來說，更是錯誤的，但也不啻是對萬惡的舊世界的一種無可奈何的反抗。

就是這樣的顧仲起，卻成爲《幻滅》中的強連長的生活原型。一個作家成爲另一個作家塑造的人物的模特兒，這種情況在以往的文學史上是罕見的。當然，小說中的人物不等於模特兒，強連長並不就是顧仲起。但是，我們研究作家塑造典型人物的經驗，不能不注意作家強調指出的：「強連長這人有一小部分是有模特兒的，這就是顧仲起。」「《幻滅》中的強連長一小部分取材於顧仲起，寫這樣的一種人對革命的幻滅。」〔註8〕從《幻滅》的第十二章至十四章內容來看，茅盾描寫強連長時，取材於顧仲起的有以下幾個方面：

一、**少年時的愛好**。強連長對靜女士說「我在學校時，幾個朋友都研究文學，我喜歡藝術」。〔註9〕這與顧仲起在通州師範學校讀書時就寫詩作文，並向報刊投稿是一致的。

二、**藝術型的軍人**。強連長是個「依未來主義而言，戰場是最適合於未來主義的地方」，「戰場的生活並且也是最藝術的。」他是軍人，也是藝術家，雖然茅盾筆下的強連長並未告訴讀者他有些什麼作品。這種描寫也取材於顧仲起。顧仲起的藝術氣質在從軍以後仍然保持著。1927 年初，他跟茅盾見面時，就告訴茅盾他仍在寫作，並拿出他創作的一本題爲《紅光》的詩集原稿

〔註7〕復旦大學中文系編著：《中國現代文學史》（上冊）第四章第三節，上海文藝出版社出版。

〔註8〕茅盾：《創作生涯的開始》，《新文學史料》1981 年第 1 期。

〔註9〕茅盾：《蝕》，第 84 頁。

讓茅盾指正，還要茅盾給他的詩寫序。由於《幻滅》最後幾章是以寫靜女士為主，強連長的出現是作為靜女士的陪襯，因而茅盾對強連長的描寫，只用了顧仲起作為藝術家的生平事蹟的很小的一部分。

三、理想幻滅與追求刺激。強連長是「因為厭倦了周圍的平凡，才做了革命黨，才進了軍隊」，他說「別人冠冕堂皇說是為什麼為什麼而戰，我老老實實對你說，我喜歡打仗，不為別的，單為了自己要求強烈的刺激！打勝打敗，於我倒不相干！」〔註10〕他對戰場的描寫是：「尖銳而曳長的嘯聲是步槍彈在空中飛舞；哭哭哭，像鬼叫的，是水機關；……大炮的吼聲像音樂隊的大鼓，替你按拍子。死的氣息，比美酒還醉人，呵，刺激，強烈的刺激！」〔註11〕對於這種「新奇的議論」，茅盾通過靜女士的內心活動作了評論：強連長是生活中的「傷心人」，他「對於一切都感不滿，都覺得失望，而又不甘寂寞，所以到戰場上要求強烈的刺激以自快。」「他的未來主義，何嘗不是消極悲觀到極點後的反動。」〔註12〕而強連長的模特兒顧仲起，原先是一個有理想、有抱負、敢於反抗的知識青年，但他從班長、排長、升為連長之後，卻對革命、理想產生了幻滅。當茅盾問他對時局有何感想時，顧仲起竟說他對這些不感興趣，軍人只管打仗。他對茅盾說：「打仗是件痛快的事，是個刺激，一仗打下來，死了的就算了，不死就能陞官，我究竟什麼時候死也不知道，所以對時局如何，不曾想過。」茅盾在回憶他與顧仲起的交往時還說，當時「顧仲起住在旅館裏，有一次我去看他，他忽然叫來了幾個妓女，同他們隨便談了一會兒，又叫他們走了。當時軍人是不准叫妓女的。我問旅館的茶房。茶房說，這位客人幾乎天天如此，叫妓女來，跟他們談一陣，又讓她們走，從不留一個過夜。原來他叫妓女也是為了尋求精神上的刺激。」〔註13〕這一件事，茅盾在塑造強連長時未用上去，但強連長與靜女士的戀愛也同樣表現出是「為了尋求精神上的刺激」，如靜女士所說：「這個未來主義者以強烈的刺激為生命，他的戀愛，大概也是滿足自己的刺激罷了」。〔註14〕

強連長就是如此鮮明地帶著他的模特兒顧仲起的愛好、思想、感情、性格、興趣出現在茅盾筆下的。

〔註10〕茅盾：《蝕》，第84頁。
〔註11〕茅盾：《蝕》，第83頁。
〔註12〕茅盾：《蝕》，第84頁。
〔註13〕《新文學史料》1984年第1期。
〔註14〕茅盾：《蝕》，第95頁。

　　然而，強連長也有種種不同於顧仲起的地方，主要是：

　　一、強連長「是廣東人。父親是新加坡富商。大概家庭裏有問題，他的母親和妹妹另住在汕頭。」〔註 15〕而顧仲起則是江蘇人，出生在「一個破落地主家庭」。〔註 16〕身世遭遇也不同。強連長是「因為厭倦了周圍的平凡，才做了革命黨，才進了軍隊。」而顧仲起的道路則較為坎坷曲折，如他自己在小說《殘骸》序文中概括的，就是「奔波勞碌，飢餓，乞丐，做工，賣報，當兵，革命，戀愛，而終於失敗」這樣一個過程。

　　二、強連長雖然同顧仲起一樣不管政治，但是他卻關注著戰事進展，受傷住院還天天看報或聽靜女士讀報。他埋怨「這裡的報太豈有此理，每天要到午後才出版！」他對靜女士說：「我著急地要知道前方的情況。昨天報上沒有捷電，我生怕是前方不利。」〔註 17〕他雖然受了傷，卻並未厭惡作戰，他說「我還是要去打仗。戰場對於我的引誘力，比什麼都強烈。」〔註 18〕這是使得靜女士在熱戀之後重又陷入幻滅之中的重要原因。

　　三、顧仲起在大革命失敗後即脫離軍隊流落到上海，而強連長卻在靜女士的鼓勵下「仍舊實踐他的從軍的宿諾」，拋下靜女士，下了牯嶺，去參加「日內南昌方面就要有變動」的南昌起義的戰鬥。

　　可以看出：強連長並不是顧仲起。他在《幻滅》中雖然只是一個作為「靜女士的很大安慰」而出現的次要人物，但由於茅盾要通過他的出現寫出「靜女士終於在戀愛中也幻滅了」，並且含蓄地透露出南昌起義的消息，所以，仍然是一個刻劃栩栩如生的有著典型意義的人物形象。

　　關於小說家塑造人物是否可有模特兒的問題，茅盾在 1936 年 11 月著的《創作的準備》一文中明確指出：「一般說來，『人物』有『模特兒』不是壞事，而且應該有『模特兒』。」同時，茅盾也強調說明：「不過挑定了某人來做『模特兒』時，結果就成為此某一人的畫像，就缺乏了普遍性，成功的『人物』描寫，新局面不是單依了某一個人作為『模特兒』。比方說，要寫一個商人罷，應當同時觀察了十幾個同樣的商人，加以綜合歸納。這樣創造出來的『人物』，一方面固然是『創造』，但另一方面卻又決不是『想當然』的造作

〔註 15〕茅盾：《蝕》，第 85 頁。
〔註 16〕巴彥：《顧仲起生平紀略》，《新文學史料》1980 年第 2 期。
〔註 17〕茅盾：《蝕》，第 80 頁。
〔註 18〕茅盾：《蝕》，第 83 頁。

了；這一『人物』說他是實在有的『我們的熟人』呢，倒又不是，然而『面熟』得很，『我們的熟人』們中間都有『他』的影子，都有一點兒像『他』，但並不就是『他』，各人都有點像『他』，然而又不『全』像『他』；到處都可以碰見『他』，然而不能指認『他』就是誰某：這才是『人物』創造的最上乘」。〔註19〕茅盾創造的強連長，正是這樣一個「熟悉的陌生人」。在茅盾本人披露強連長「有一小部分取材於顧仲起」之前的半個世紀中，沒有一個熟悉茅盾的人或者研究者「指認」茅盾筆下的強連長是一個雖有模特兒卻又典型化的人物形象。

為什麼這樣說呢？我們可以從強連長這一人物的環境、經歷和性格三個方面作一些具體的論述：

一、**典型化的人物環境**。茅盾在《幻滅》中描寫的主人公是靜女士，為了深入地寫靜女士的「幻滅」，他在第十二章中引進了以前各章從未出現過的新的人物——強連長。「第六病院」是強連長離開戰場後進入的一個新的環境。這樣的環境對於強連長來說，其意義不在於使他遠離戰場由鬧入靜，也不在於使他可以感歎「和戰場生活比較，後方的生活簡直是麻木的，死的！」，而在於這一新的環境使他的人生觀和生活道路發生了重大的變化。與此同時，他的出現也改變了靜女士的生活道路，使靜女士的命運與一個青年革命戰士緊密地結合起來。

從第十一章結尾，我們看到王詩陶為靜女士選定的第六醫院「是個專醫輕傷官長的小病院，離慧的寓處也不遠」，這就為強連長在第六醫院住院治療並和靜女士產生戀愛關係作好鋪墊。

茅盾指出：「人」是在「環境」中行動的。「環境」固然支配了「人」，但由於這被支配而發生的反作用，能使「人」和環境的關係不是片面的；「人」與「環境」之間的作用，是交流的，是在矛盾中發展的。〔註20〕在《幻滅》的最後三章裏，茅盾描寫的人物與環境，就不是孤立的、靜止的、片面的環境，而是與人物活動緊密關聯的、變化的、立體的環境。不論是在第六醫院裏強連長對靜女士講戰爭、談未來主義、敘述家庭身世，還是在牯嶺上他和靜女士度蜜月、賞風景、傷離別，病院、牯嶺對強連長來說都是「小環境」，而靜女士與他的關係則是體現社會意義的「大環境」；反之，對靜女士來說也

〔註19〕《茅盾論創作》，第83頁。
〔註20〕茅盾：《創作的準備》，《茅盾論創作》，第471頁。

是一樣，強連長與她的關係即是體現社會意義、影響人物命運變化的「大環境」。例如，靜女士因強連長入院養傷而出現「許多複雜的向『他』心」，又因強連長關於未來主義的「一席新奇的議論，引起了靜的別一感想」，由最初的「敬重他爲爭自由而流血——可寶貴的青春的血」，「並且寄與滿腔的憐憫」，發展到終於因強連長的「善知人意」和少年英俊而以身相許。在強連長這方面來說，由於靜女士在他的生活中出現，使他的生活環境全然一新，思想和性格也隨之發生了新的變化。他從原來「崇拜藝術上的未來主義」，認爲「戰場是最適合於未來主義的地方」，漸漸地對靜女士產生好感。當靜女士問他：「強連長，確沒有別的事比打仗更能刺激你的心麼？」他「辨出那話音帶著顫。他心裏一動。」而這「一動」導致他與靜女士雙方的環境都發生重大的改變——雙雙上廬山度蜜月。當然，從武漢第六醫院的舊環境裏走出，進入牯嶺旅館和自然風光的新環境之中，這一重大變化的社會背景是「第二期北伐自攻克鄭汴後，暫告一段落，」「因此我們這位新跌入戀愛裏的強連長，雖然尚未脫離軍籍，卻也有機會度他的蜜月。」這種環境對於《幻滅》中的主人公靜女士和她的新的戀人強連長來說，的確是典型化了的，作者正是通過對這種典型環境的描寫，眞實而形象地表現了人物在現實中的思想、感情和生活的變化。

　　二、典型化的人物經歷。小說作者描敘人物的經歷，是構造故事情節、刻劃人物形象的重要手段之一。「小說是一篇臆造故事」，所謂「臆造」就是「虛構」，也就是故事情節的典型化。對於青年軍官因住進醫院治病和年青的女護士發生戀愛關係而自由結合的事情，茅盾當時在武漢的中央軍事政治學校武漢分校擔任中校政治教官，後來又任《漢口民國日報》總編輯時，看到和聽到的一定很多。然而寫進《幻滅》最後三章中的強連長的生活經歷和靜女士與他的關係，卻是對許多素材進行藝術加工即典型化的結果。我們知道，青年作家顧仲起生活經歷的「小部分」，已經作爲「模特兒」成爲強連長生活經歷的組成部分之一，但是顧仲起並沒有「上廬山度蜜月」一事；而作者雖沒有在牯嶺度蜜月到南昌起義發生、看到一些人下山趕赴前線的經歷。可以這樣說，茅盾對於強連長生活經歷的敘寫，是從多方面的素材中挑選、剪裁、提煉後才寫進作品中的。

　　《幻滅》的第十三章集中寫的是強連長與靜女士的愛情故事。這個故事正是作家對強連長和靜女士這兩個人物的生活經歷進行典型化加工的結果。

這一章小說開頭寫的就是：強連長與靜女士的「這一個結合，在靜女士方面是主動的，自覺的；在那個未來主義者方面或者可說是被攝引，被感化，但也許仍是未來主義的又一方面的活動。……然而兩心相合的第一星期，確可說是自然主義的愛，而不是未來主義」。尤其值得我們注意的是，茅盾在寫兩人遊山談愛的情節中，插敘了強連長保存著一張女子照相的往事。作者插敘這件事，對於刻劃強連長的形象是很重要的一筆。從強連長對靜女士的回答裏，我們知道強連長保藏這張女子的照相，原因是照相上的女子是他的同鄉，他曾覺得這個女子「可愛」，「還藏著她的照片，因為她已經死了」，「是暴病死的。」這些話道出了他對昔日女友一片純潔的感情。至於他對靜女士說的「從前很有幾個女子表示愛我，但是我不肯愛」；「我進軍隊後，也有女子愛我。我知道她們大概是愛我的斜皮帶和皮綁腿，況且我那時有唯一的戀人——戰場。靜！我是第一次被女子俘獲，被你俘獲！」這一段是強連長向靜女士所傾訴衷情的肺腑之言，它是強連長的愛情觀的直接表白。而這段人物自白正是從上面提到「一張女子照相」引出來的，沒有上段插敘就不可能有這段自白。我們正是從前後兩段對話中，窺見出強連長與進行典型化的藝術加工，寫明了人物的「來龍去脈」，這就是保證了他樹立起來的人物形象具有合理性和可信性。

三、典型化的人物性格。「有一小部分取材於顧仲起」的強連長，在《幻滅》裏是充分典型化了的。強連長的性格絕非顧仲起的性格，雖然強連長身上有著顧仲起和其他許多北伐軍青年軍官都具有的共性，但是出現在《幻滅》最後三章中的這一人物，他之所以為讀者和研究者重視，則是他身上表現出來的「這一個」人物獨特的個性。這種獨特的個性是經過作家的精心構思，運用典型化的方法塑造出來的。讓我們分析一下強連長這種典型性格的形成過程：

茅盾筆下的強連長是一個華僑富商的兒子，但是家庭生活並不圓滿，因為「家裏有問題」，所以他的母親、妹妹另住汕頭，這在他年青幼稚的心靈上刻下了深深的創痕。他在學校求學時受到「五四」運動後新思潮的影響，衝出封建家庭的束縛，走上了社會，參加了革命黨，投筆從戎，成為革命軍隊的一員。然而他是懷著未來主義的思想加入革命隊伍的。這種未來主義產生於二十世紀初的資產階級文藝思潮，它以尼采、柏格森的哲學為根據，崇拜強力，鼓吹刺激，宣揚極端的民主主義，否定文化遺產和一切傳統。在今天

看來，未來主義是反動的。然而在《幻滅》所描寫的強連長——強猛即強惟力的時代，未來主義作為一種資產階級文藝思潮，它對於衝破封建主義加於青年思想的禁錮，喚起民族感情和反帝思想，掃蕩一切因襲的舊意識，使青年奮起投入時代共流，在客觀上卻有一定的積極意義。強連長正是接受了未來主義，「追求強烈的刺激」，「因為厭倦了周圍的平凡，才做了革命黨，才進了軍隊」。但是，強連長並不是一個完完全全的未來主義者。我們從《幻滅》中看到，他口頭上宣揚未來主義，而在實踐上他並非處處按未來主義行事。他對靜女士說：「我喜歡打仗，不為別的，單為了自己要求強烈的刺激！打勝打敗，於我倒不相干！」然而在他傷勢一好轉，他卻焦急地盼著報紙的到來，好從報紙上獲得戰事進展的情況。他明明是身在後方的病院而心在前方的戰場上的，應該說，強連長也是一個「矛盾」的人物。這種矛盾在他與靜女士講故事、議軍情、談人生之後，尤其是在他「被攝引，被感化」而與靜女士戀愛、結合、上牯嶺度蜜月期間，逐漸向前發展，導致了他的未來主義信仰的動搖。在《幻滅》的最後一章。強連長再也不讚美「死的氣息比美酒還醉人」，再也不宣揚「戰場是最合於未來主義的地方：強烈的刺激，破壞，變化，瘋狂的殺，威力的崇拜，一應俱全！」了。他對靜女士說，他已答應前來通知他的另一位連長，即將下山再去帶兵打仗，可是當靜女士傷心落淚之後，他就兩三天不提下山打仗的事，而且對靜女士說：「從前，我的身子是我自己的；我要如何便如何。現在，我這身子和你共有了，你的一半不答應，我只好不走。」而當靜女士反轉來勸他前去打仗，對他說：「平淡的生活，恐怕也要悶死你。惟力，你是未來主義者。」這時，強連長對他說：「我已經拋棄未來主義了。靜，你不是告訴我的麼？未來主義只崇拜強力，卻不問強力之是否用得適當。我受了你的感化了。」至此，這個名字叫強猛、強惟力的強連長，已不再是「惟力」的未來主義者了。他的未來主義的冰山已徹底崩潰，幾乎融化殆盡。那麼，他的「拋棄」未來主義是否只是口頭上說說而已呢？馬克思指出：必須「把一個人對自己的想法和品評同他的實際人品和實際行動區別開來」〔註21〕。我們看到在《幻滅》的最後，強連長終於以下山參加南昌起義的實際行動實踐了他「拋棄未來主義」的宣言。他的這種性格的轉變在當時是有普遍意義的。許多人在參加北伐時懷著各不相同的思想和信仰，但是革命鬥爭的內在邏輯力量，人們對真理的追求，使得其中為數不少

〔註21〕馬克思：《路易·波拿馬的霧月的十八日》。

的人轉向無產階級一邊，投身人民革命事業。當然，這並不是說，強連長已
成為一個具有共產主義理想的無產階級戰士。如果茅盾這樣寫的話，那強連
長將不是一個典型人物，而只能是政治的化身。茅盾不是這樣寫的，他的強
連長雖然「拋棄」了未來主義，但仍是一個小資產階級思想感情濃厚的青年
軍人，他在和靜女士訣別時說的話是：「靜，此去最多三個月，不是打死，就
是到你家裏！」茅盾寫他說完這句話後，「一對大淚珠從他的細長眼睛裏滾下
來，落在靜的手上。」這種對人物的刻劃，是多麼的形象、生動！正是茅盾
準確地把握住了人物的典型性格，才會作出這樣的描寫，才會使人物如此地
血肉豐滿，而不是一具沒有靈魂和血肉的軀殼。

　　《幻滅》中的強連長這一人物形象，的確是只有「小部分」取材於青年
作家顧仲起；強連長這一典型的塑造主要是作家展開形象思維，進行藝術創
造的結果。然而長久以來，人們在教學和研究中對強連長這一形象的意義是
不重視的。缺乏分析研究，甚至是歪曲醜化的。如有的現代文學史教材竟無
端地給他加上「新軍閥的走卒」、「新式的『惡魔』」的罪名。因此，我們有必
要在研究強連長這一形象塑造的同時，正確評價這個典型形象，本文重點不
在於此，但我認為對強連長這一形象可作如下簡要的表述：

　　強連長是《幻滅》中一個著墨不多卻很重要的人物。他作為靜女士的新
的戀人出現在《幻滅》的最後三章。他崇拜藝術上的未來主義，是個準未來
主義者。但未來主義只是他參加革命的起點，他終於拋棄了未來主義，加入
南昌起義的革命行列。他有濃厚的小資產階級思想，但他嚮往自由，追求光
明，投筆從戎，勇於獻身，是一個 1927 年大革命時期的青年革命軍人的形象。

（原刊於《杭州師範學院學報》1984 年第 4 期）

茅盾小說人物性欲的文學描寫

　　茅盾小說人物性欲描寫是一個客觀的存在。研究茅盾的小說，不能對這一問題避而不談。雖然這是一個敏感的問題，卻又是一個必須研究的課題。諱言莫深，不敢越雷池一步，無助於我們對這一問題得出科學的結論。筆者試圖從以下四個方面對茅盾小說的人物性欲的文學描寫作一些初步的探討。

一、關於茅盾小說人物性欲描寫的評論概述

　　自從 1927 年 9 月茅盾在《小說月報》第十八卷第九號發表《幻滅》以來，已有六十餘年。在這半個多世紀裏，人們對茅盾小說性欲描寫的評論是從互有褒貶臧否到全是批評指責的。在《幻滅》、《動搖》、《追求》相繼發表不久，《太陽》（月報）、《文學周報》、《讀書月刊》、《海風周刊》等刊物上就刊出了一些評論。從這些初期的評論中，可以看出評論者在評論作品的思想、結構等問題的同時，也注意到了作品中的性欲描寫問題，而對這種描寫的評價卻相差很遠。如復三在《茅盾的三部曲》中寫道：「革命失敗了，不要說如方羅蘭輩感到深深的灰色的失望，就是如孫舞陽那般熱烈的、勇敢的青年，此時也會突然失卻了現實『黃金世界』的幻象，而沉於極度幻滅的悲哀。時代既變，生活又失了羅針，『現代人』之需要強烈的刺激和肉欲的歡樂，於是在胸中漸漸滋長。生活乃一變而浸沉於灰色的極度的肉的縱欲中。雖在這灰色的、縱欲的生活中，尚有青年的未燼之生之火在內中燃燒。所以是時時掙扎著，企圖追求最後的憧憬，以自慰自欺這自己已創傷的心」。顯而易見，評論作者是持肯定態度。徐蔚南在評《幻滅》時，也認爲茅盾寫靜女士將「她的貞操贈給了知己。那知道，那知道，抱素是個登徒子，不僅和她的女友胡鬧過一

夜，並且還欺侮一個金陵的女子。那知道，抱素不僅是登徒子，還是一個受著什麼『帥座』的津貼的暗探！章女士的安慰頓時粉碎在她的書桌上了」。評論者肯定茅盾的這樣寫法「把主人公的幻滅的情景，更加映照得非常鮮明」。〔註1〕

　　錢杏邨對茅盾的《蝕》三部曲及《野薔薇》，曾先後寫過四篇評論，影響很大。他對茅盾早期小說中的性欲描寫是有讚揚的。例如：（1）「全書描寫靜對於男性的畏懼，描寫靜經不起男性的威逼，描寫靜的性格的脆弱，分析是很精細的」。（2）「在創作方面，有婦之夫的戀愛心理，我們還沒有看到誰下過這樣的分析的工夫的」。「描寫戀愛心理，無論青年、中年，作者都很精到。孫舞陽，『是個勇敢的大解放的超人』，她的戀愛行動是很坦白的，言行一致。在她『擁抱了滿頭冷汗的方羅蘭，她的只隔著一層薄綢的溫軟的胸脯貼住了方羅蘭劇跳的心窩；她的熱烘烘的嘴唇親在方羅蘭麻木的嘴上；然後，她放了手翩然自動去』的一段話和她的行動裏，寫的淋漓盡致了。寫浪漫行動的女性，也是恰如其分」。（3）《追求》中，「他很精細的如醫生診斷脈案解剖屍體般的解析青年的心理。尤其是兩性的戀愛心理，作者表現的極其深刻」。歸納以上三點，錢杏邨寫道：「總之，就《幻滅》、《動搖》、《追求》三書去看，在戀愛心理描寫方面，作者的技巧最令人感動的地方，卻是中年人對於青春戀愛的回憶敘述，是那麼的沉痛是那麼的動人。在《追求》全書中，不僅表現了這樣的心理，而且表現了兩性方面的嫉妒，變態性欲，說明了性的關係，戀愛的技巧。無論是那一方面，作者都精細的解剖了。在作者過去的三部創作中，我感到的，作者是個長於戀愛心理描寫的作家，對於革命只把握得幻滅與動搖」。但是與此同時，他認為茅盾在《追求》中「在性欲描寫的一方面，作者的技巧卻失敗了，海濱旅館的一夜就是最顯著的證明，縱欲的技巧描寫得未能恰如其分。如阿志巴綏夫，如莫泊桑裸露的一節，也不免是一個贅疣，可以刪掉。我覺得這樣的性欲的描寫方法是不適當的，全書後部的失敗的地方在此。」於是他嚴厲地指斥茅盾說：「一個革命作家，他不能把握得革命的內在的精神，顯然作品上抹著極濃厚的時代色彩，雖然盡了『描寫』的能事，可是，這種作品我們是不需要的，是不革命的，無論他的自信為何」。〔註2〕他給茅盾扣的帽子是很大的。

〔註1〕 伏志英編：《茅盾評傳》，上海現代書局，1931年12月出版。

〔註2〕 莊鍾慶：《茅盾研究論集》。

　　賀玉波的《茅盾創作的考察》一文刊於 1931 年 4 月的《讀書月刊》。在文中他對茅盾描寫性欲的技巧多有批評，如他認爲《動搖》第七章「描寫和不近人情；像陸慕遊初見寡婦錢素貞時便和她弔上立即性交，這種情節是不會的」。對於《追求》，他指責道：「第七章。照理本來應該很緊張的，但是作者的描寫失敗了。爲的是他寫得太過於淫蕩，竟有史循在性交前服丸藥這種情節，這與《性史》的文筆簡直差不多」。在評論《詩與散文》時，他也認爲這篇作品「太肉感」、「單純地描寫了性欲，近乎誘感」〔註3〕

　　以上的一些評論表明，對於茅盾小說中的性欲描寫存在著三種觀點：一是肯定的，二是否定的，三是既有所肯定又有所否定的。而在這以後，即從三十年代中期一直到近幾年，則基本上是一個統一的觀點：茅盾小說中的性欲描寫是受了自然主義創作方法的不良影響，這種描寫由於是「純客觀地」，因而是不足取的。而在幾部有影響的現代文學史和專著中，編著者要麼避而不談這個問題，要麼一筆帶過，即使在被稱爲近幾年來最富有研究是簡單地寫道：作者在《蝕》中「有時從愛情表現人物性欲，出現追求官能刺激筆調，這些都說明作者描寫人物存在著客觀主義的缺陷」。該書還認爲，《野薔薇》中的作品有關人性欲的描寫也「有純客觀的描寫」的缺陷。〔註4〕

　　我國幾十年來關於茅盾小說人物性欲描寫的評論情況，略如上述。

　　今天，在茅盾研究深入開展的時候，人們已可能對茅盾小說人物性欲的文學描寫作進一步的研究，並力求得出較爲正確的評價。

二、對茅盾小說人物性欲描寫本原的認識

　　既然茅盾小說人物性欲的描寫是一個很引人注目的現象，我們對於作家創作中的這一重要的現象就不能只停留在一般讀者的「我喜歡」或「不喜歡」的感想式的評論上，而是要對這種描寫的本原進行認識。

　　在《幻滅》、《動搖》、《追求》、《虹》、《子夜》等中長篇小說和《小巫》、《詩與散文》、《一個女性》、《水藻行》等短篇小說中，茅盾描寫了半殖民地半封建的舊中國社會中不同階級、階層和不同職業、年齡、性別的許多典型人物的性欲，當然其中大量的也是最爲突出的是男女青年人的性欲。茅盾之

〔註 3〕莊鍾慶：《茅盾研究論集》。
〔註 4〕莊鍾慶：《茅盾的創作歷程》，第 64、76 頁。

所以在他的小說中把人物的性欲作爲描寫的一個重要內容，究其本原，我以爲應從創作主體和對象主體兩個方面進行考察。

（一）從創作主體來考察，我們應注意作家獨特的人生經歷和他對性欲描寫的認識

茅盾成爲作家時的年齡，性格及其生活經歷。茅盾發表小說《幻滅》時正是「三十而立」的年齡，他的長篇巨著《子夜》出版時，也不過三十七歲。此時的茅盾已是著名的批評家、作家和成熟的共產主義者，但是他仍然是一個青年作家，朝氣勃勃，風度翩翩。譬如，1936 年 7 月，日本作家增田涉去探望魯迅病情，當他聽魯迅解釋 X 光照片時，「一位不戴帽子，頭髮梳得很整齊，乍看只有三十左右年紀的青年走進屋來，蛋黃色褲子配著深棕色上衣，打著蝴蝶結，一身輕裝，這是上海一帶常見的摩登青年形象」。這個青年就是茅盾。增田涉對茅盾的第一印象是：「他並不是我從他的作品中主觀想像的那種笨拙而又逞強的人，一見就給人以一種瀟灑、瘦弱，神經過敏而又麻利爽快的現代青年的印象。和從作品中感受到的一樣，整個兒是年輕開朗，並不裝腔作勢。……作爲人，他到底不是個氣勢洶洶、爭強好勝的野蠻人，倒是位理智的、克己的紳士，是個有頭腦的人。我想，這可能是他肉體的和生理的條件給自己創造的吧」。〔註 5〕茅盾正是這樣一位既具有現代科學思想和文學理論修養又有豐富生活閱歷的現代青年作家。他對那個時代的青年的性欲要求、性的苦悶、煩惱和各種遭遇，有著親身的感受和體驗。他於 1918 年春節時，奉母命與孔德沚結婚，並未經過「戀愛」的階段，但夫妻感情很好，不久即生有一女一男兩個孩子。後來在流亡日本期間，他曾一度跟秦德君戀愛、同居。這些直接的生活經驗是他在小說中進行性欲描寫的基礎。他在中學、大學和工作、生活、革命中的觀察，以及他對婦女問題的研究，也爲他在作品中描寫青年和其他人的性欲創造了條件。如他在《幾句舊話》裏寫道：「記得八月裏的一天晚上，我開過了會，打算回家；那時外面大雨，沒有行人，沒有車子，雨點打在雨傘上騰騰地響。和我同路的，就是我注意中的女性之一。剛才開會的時候，她談話太多了，此時她臉上還帶著興奮的紅光。我們一路走，我忽然感到『文思洶湧』，要是可能，我想我那時在大雨下也會提筆寫起來吧」。茅盾在這裡所說的他「注意中的女性之一」，據葉子銘教授

〔註 5〕引自松井博光：《黎明的文學——中國現實主義作家茅盾》，第 170 頁。

在 1985 年說，她是唐棣華，「也就是現在的陽翰笙夫人」。葉子銘教授並且指出，「這個例子說明，茅盾早期的革命生涯對他後來的小說創作，影響巨大」。〔註 6〕茅盾在他的回憶錄中還談到他在武漢時對漢口市婦女部長黃慕蘭和范志超等三個單身女同志的觀察。他這種觀察自然是全面的，不單是觀察「時代女性」的革命言行，也觀察她們的日常生活，包括戀愛、性欲等在內。

茅盾在開始創作前曾對中國及西歐文學中的性欲描寫進行過研究，這使他對性欲描寫具有明確的理性認識。茅盾在《中國文學內的性欲描寫》一文中指出：「中國沒有正確的性欲描寫的文學」，其原因在於：中國以往的性欲作品所寫的「一是色情狂；二是性交方法──所謂房術。這些性交方法的描寫，在文學上是沒有一點價值的，他們本身就不是文學……所以著著實實講來，我們沒有性欲文學可供研究材料，我們只能研究中國文學中的性欲描寫──只是一種描寫，根本算不得文學」。他在研究之後又指出：「我們要知道性欲描寫的目的在表現病的性欲──這是一種社會的心理的病，是值得研究的。要表現病的性欲，並不必多描寫性交，尤不該描寫『房術』」。茅盾批評當時的一些性欲小說作者，指出他們「錯以為描寫『房術』是性欲描寫的唯一方法」，「這些粗魯的露骨的性交描寫是只能引人到不正當的性觀念上，新局面不能啟發一毫文學意味的」。他還認為，「中國社會內流行的不健全的性觀念，實在應該是那些性欲小說負責的。而中國之所以會發生那樣的性欲小說，其原因亦不外乎：（一）禁欲主義的反動。（二）性教育的不發達。後者尤為根本原因」。〔註 7〕這裡的三個觀點是卓有見地並且極為重要的，完全符合中國的國情。

茅盾關於性欲描寫的主張還有以下兩點值得我們重視。其一，他在《小說研究 ABC》裏論述「人物」時指出：「性的特徵；男女兩性因素千年來特殊環境和教育的結果，已經各自形成了性的特徵，實為不可掩的事實。古來作家對於此點亦都能注意描寫，就可惜大概只從男女體態的不同上注意描寫」。這就是說，正確的描寫應該不是人物外表的性差異，而應是描寫人物的性心理、性觀念、性道德。其二，他在《自然主義與中國現代小說》一文中闡述自然主義作家的創作方法時指出：「他們也描寫性欲，但是他們對於性欲的看法，簡直和孝悌義行一樣看待。不以這穢褻，亦不涉輕薄，使讀者只見一件

〔註 6〕 《湖州師專學報增刊・茅盾研究》第 2 輯。
〔註 7〕 《茅盾文藝雜論集》上冊，第 247 頁。

悲哀的人生，忘了他描寫的是性欲」。〔註 8〕這裡的觀點是作家要描寫性欲，動機必須正確，感情必須健康，然後才能使其描寫具有「表現人生指導人生」的作用，那種「發牢騷」和「風流自賞」的動機，只能使性欲描寫成為「誨淫」的東西。茅盾的這個主張應該說是很正確的。正是在這種明晰的正確的理性認識指導下，他在小說創作中描寫人物的社會性（人生觀、革命鬥爭、反抗迫害。追求自由……）的同時，也描寫人物的自然性（性欲、飢餓、低級情感、潛意識……）。而他描寫人物的性欲，目的是「表現病的性欲」這「一種社會的心理的病」，從而塑造「完整的真實的人」的典型性格和典型現象。

（二）從對象主體來考察，應看到現實人物和現實世界是小說世界的本原，創作的對象主體有著自己的獨立性

首先，作為小說的對象主體——作品所描寫的人物，應該「一切都體現著人性」。而性欲如同食欲一樣，是人性的一個基本面。在《1844 年經濟學—哲學手稿》中，馬克思指出：人「是有情欲的存在物。情欲是人強烈追求自己對象的本質力量」。福斯特在《小說面面觀》中也寫道：「首先，我想直截了當地提出關於性的問題。……性欲始自青春期之前，直至不育之年仍未終止。事實上，它與我們的生命並存。但人在求偶年華，對社會的影響則較為明顯」。〔註 9〕當然，他們是從哲學和文學的一般性上來談論性欲問題的。而茅盾小說中的人物中半封建半殖民地舊中國的青年和其它年齡的人物，這些人物的性欲因其不同的階級出身、文化教養、生活經歷、社會地位、家庭環境，而有著特殊性的即個性化的特點，並非都是一律的動物性的「共性」。這就是說，生活在茅盾小說國度裏的小說人物，其性欲的表現——性行為、性對象、性目的，是受其存在的社會、時代的影響以至決定的。並不是因為茅盾對性欲描寫特別感興趣，也並不是由於茅盾有意迎合讀者的趣味，而是因為作品的人物是他所反映的那個時代、那個社會裏的人物，描寫當時人物的性欲是為了表現那個時代，表現那個社會裏的人物的「社會的心理的病」。錢杏邨是與茅盾同時代的文藝批評家，他在 1928 年 5 月評《幻滅》時就指出：「精神傾於戀愛如方羅蘭，這樣人物所在盡是，這是革命時代普遍現狀」。「孫舞陽的哲學就是玩弄女性的男性的報復者……我們不需要這樣的沉醉戀愛忘記革命的女黨人。但目前的一般現象都是如此，有的大都是專門戀愛的女革

〔註 8〕《茅盾文藝雜論集》上冊，第 247 頁。
〔註 9〕同上書。

命黨人，缺少專門革命側重革命的女革命黨人」。〔註10〕又如，茅盾在他的回憶錄中寫到 1927 年大革命的情形時，曾寫到瞿秋白的三弟瞿景白追求范志超的故事。他說：「從這個小故事，可以見到大革命時代的武漢，除了熱烈緊張的革命工作，也還有很濃的浪漫氣氛。」〔註11〕

其次，我們從對象主體考察茅盾小說中的性欲描寫，還必須看到茅盾筆下大多數人物的自主性是很強的。因為人物具有自己的精神主體性，這些人物就不是作家任意驅使的奴隸，而是按照他們自己的性格邏輯和情感邏輯發展的活生生的典型形象，進行性行為，達到性目的，並產生社會影響的。譬如靜女士這個人物，「只有二十一歲，父親早故，母親只生她一個，愛憐到一萬分，自小就少見人，所以一向過的是靜美的生活」。她「對於兩性關係，一向是躲在莊嚴、聖潔、溫柔的錦帳後面，絕不曾挑開這錦帳的一角」。她這種特殊的生活經歷和特殊的心理，使得她在初次的性行為上表現得溫靜和懦弱。抱素在玩弄過慧女士後不久，就把靜女士騙上了手，當靜女士把她當成「知心」之後，抱素進一步用語言對她誘惑：「你好端端的常要生氣，悲觀，很傷身的。你是聰明人，境遇也不壞，在你前途的，是溫暖和光明，你何必常常悲觀，把自己弄成了神經病」。由於靜女士原來就「認定憐憫是最高貴的情感，而愛就是憐憫的轉變」，所以她此時對抱素的話感到「分外的懇切，熱剌剌的，起一種說不出來的奇趣的震動」。加以她在此之前二三分鐘就閉上了眼，等待抱素的擁抱，此時竟然「自己不知怎麼的，靜霍然立起，抓住了抱素的手，說：『許多人中間，就只你知道我的心，』她意外地滴了幾點眼淚」。在這個時候，靜女士的性抑制已經解除，她的性苦悶激起了性衝動。作家的筆在此時寫出以下的文字：

> 從靜的手心裏傳來一道電流，頃刻間走遍了抱素全身；他突然挽住了靜的腰肢，擁抱她在懷裏。靜閉著眼，身體軟軟的，沒有抵拒，也沒有動作；她彷彿全身骨節都鬆開了，解散了，最後就失去了知覺。

對於靜女士來說，這次性行為「像一場好夢，……平日怕想起的事，昨晚上是身不由己地做了。……雖然不願人愛知道此事，而主觀上倒也心安理得」。然而，她畢竟是一個「時代女性」，當她發現抱素不僅是個好色的登徒子，而

〔註10〕莊鍾慶：《茅盾研究論集》。
〔註11〕茅盾：《我走過的道路（上）》，第 323 頁。

且是個拿了軍閥的津貼刺探革命青年活動的暗探時，產生了第一次的幻滅，促使她去到武漢，在革命鬥爭中尋覓新的生活之路。而當靜女士與強連長結合併上廬山度蜜月時，靜女士的行為因其性格的變化而成為「主動的，自覺的」。如她寫給王詩陶的信中所說：「目前的生活是我有生以來第一次，也是有生以來第一次愉快的生活。……我希望從此改變我的性格，不再消極，不再多愁」。雖然因為強連長離她而去參加南昌起義，她遭到了人生的又一次幻滅，但是這次幻滅和第一次幻滅畢竟有著本質的不同。茅盾在《蝕》的第十三章中關於靜女士與強連長性行為的描寫是很生動有趣且恰到好處的。這種成功的性欲描寫的原因之一就是作家對於作品人物——對象主體性的充分認識和尊重。

總之，茅盾小說中的性欲描寫這一創作特徵是由作家的創作主體和人物的對象主體共同作用而形成的。對於這一問題的正確而深刻的認識，有助於我們真正理解茅盾小說的審美價值，認識創作主體性和對象主體性在文學創作中的巨大作用和重要意義。

三、茅盾小說人物性欲描寫的藝術特點

參照茅盾關於性欲描寫的理論，按照歷史的和美學的觀點，我們可以看到茅盾小說人物性欲描寫具有如下的藝術特點：

第一多層次的研究。茅盾在他的小說中，對多層次的人物的性欲進行了研究。（一）階級層次：有小資產階級，如靜女士、孫舞陽、王詩陶、方太太、梅女士……等等；有大資產階級，如趙伯韜、吳蓀甫……等等；有資產階級寄生蟲，如劉玉英、徐曼麗……等等；有無產階級，如革命者瑪金、蔡真、梁剛夫，工人阿診、朱桂英……等等；有地主階級，如胡國光、曾滄海、曾家駒、《小巫》中的老爺、少爺……等等；有國民黨軍官、政客、特務、幫閒文人、市儈，如雷參謀、抱素、范博文、陸慕遊……等等；有貧苦農民，如財喜、秀生老婆、荷花、阿多、六寶……等等。而且，各個階級中還有各個不同階層的人物；（二）職業層次：工、農、商、學、兵……各行各業的都有；（三）年齡層次：有玩慣女性的老色鬼，也有情竇初開的少女，有已婚的中年男子、婦女，更多的是有著性煩悶和追求性刺激的青年男女，等等；（四）文化層次：有的是文盲，不知性為何物；有的是孔孟之徒，滿口「男尊女卑」、「三從四德」；有的是留學生、洋博士，句句「親愛的」、「緋洋傘」（未婚妻）、

「黑漆板凳」（丈夫）；有的是中學生，未涉社會；更多的是從大中學校出來剛踏上社會的青年，他們有知識、有理想、尋找幸福的伴侶；（五）心理層次：如靜女士、青年丙、瓊華、環小姐等爲尋找性歡樂，以解除性苦悶；如章秋柳、孫舞陽等以放縱欲來玩弄或報復男性；如趙赤珠、寡婦貞等以賣淫或姘居欲達到某種目的；如吳蓀甫之對王媽、柳遇春之對梅女士等以婦女爲發泄獸欲的工具；如趙伯韜、曾滄海等人以婦女作爲玩物或附屬品；如馮眉卿以淫欲爲好奇而不知羞恥；等等。各種人物均表現出各種不同的雜色紛呈的特徵。

第二、多角度的透視。現代心理學使我們知道「性欲」是戀愛或情欲的物質基礎。「性行爲」也是有著廣義的範圍。弗洛伊德的《精神分析引論》指出：「據一般的見解，『性的』含義兼指兩性差別，快感的刺激和滿足，生殖的機能，不正當而必須隱匿的觀念等。這個見解在一般生活上雖然適用，但在科學上就不夠了」。他接著說明許多病態的性欲，尤其是「性的倒錯」（性的對象和性的目的改變）。在《性學三論》一書中，他從性的對象、性的目的、性的表現方法等方面對性進行了探討。這些對我們研究和借鑑茅盾小說中的性欲描寫的多角度透視是很有幫助的。具體來說，有以下幾個方面：

1. 性興奮與心理性無能。我們在《動搖》裏讀到方羅蘭有一次走進孫舞陽的屋子，他「看到站在光線較暗處的孫舞陽，穿了一身淺身的衣裙，凝眸而立，飄飄猶如夢中神女，令人陶醉。除了她的半袒露的雪白的頸胸，和微微顫動的乳峰可以說是帶有一點誘惑性。此外，她是這樣的聖潔，相對之下，令人穢念全消。」在這一段描寫裏，有兩個內容，一是眼睛與「性興奮」，二是心理性無能。心理學家指出：「眼睛本與性對象的距離是遙遠，……它常被一種特殊的性質的激蕩所吸引，這種動機，也就是從性對象身上散發出來，我們稱之爲美的東西，這種存在於性對象身上的奧妙氣質，也可以叫做『吸引力』。吸引力一方面固已與快感聯結，另一方面又造成性興奮的劇增，或喚起了尚在沉睡的性激動」。〔註12〕這段話是一把科學的鑰匙，打開了作家描寫性欲時之所以每每要寫人物眼睛的暗門。至於「此外」之後的關於方羅蘭心理活動的敘寫，則是心理學家所謂的「性倒錯現象」之一的「心理性無能」。弗洛伊德曾寫道：「今日文明世界裏男人的愛情行爲，一般而言染了濃厚的心

〔註12〕弗洛伊德：《愛情心理學》（林克明澤）第 89 頁，作家出版社 1986 年 2 月第一版。

理性無能的色彩。世上沒有多少人能把情與欲妥善地會合為一；男人面對著所尊重的女人，性行為總是頗受威脅……。當然，造成這個現象的，也還有另一成分參與，那就是，他不願向所敬重的女人要求不合禮俗的（錯亂的）性滿足」。〔註13〕這就是方羅蘭「穢念全消」的科學的解釋。作品中的正確的藝術性描寫，應是這種符合科學的，而不是唯心的不合人性的，即非科學的。

2. 性本能與性苦悶。分析茅盾作品中人物性欲的表現，可以明顯地發現作家對青年人的性本能及其帶來的性苦悶的透視，使他的那些描寫既真實、準確又生動、感人。例如《一個女性》中的瓊華，她是個十七歲的少女，起初她很熱愛人生，充滿著對愛情的嚮往，由於家庭的變故，少男們因引對她不再追求，她非常憤懣，「終成為『不憎亦不愛』的自我主義者」。正是在那樣的社會中，這個還未涉世的少女會產生如下的性苦悶：「她不能僅僅以母親的愛自足，她還需要一些別的愛」；「只要有一頭貓，一頭狗，——便是一個蟲也好哪，她將擁抱著，訴說她的荒涼之感。然而什麼都沒有，她只能空虛地擁抱了自己的緊滿瑩白的胸脯，處女的腰肢，……血管轟轟地跳起來，臉上覺得了烘熱」。她甚至把樹影幻化為男性的身影，當成她並不愛的李芳，對投奔過來的幻影說：「你就是安慰我的淒涼的他麼？即使是你啊，我也將接受」！可是，當「她張開了兩臂要去擁抱這幻影，然而什麼都沒有了，只剩下孤獨幽怨的她自己」。而這種性苦悶使她在病中產生的相思情——失眠、夢囈、驚恐、呆癡……。直至她再次見到對張彥英。早在這篇作品發表之初，就有評論家在《海報周報》上指出：「性的煩悶是事實。她一面維持她在男性前的尊嚴高尚，高高的不可攀，同時她的身體（物質的機體）使她需要性的解決，使她煩悶起來，使她對於平日的『不憎不愛』的主張根本的起了懷疑了」！〔註14〕這種性的煩悶是由於生理的和心理的原因造成的，是具有社會性的，而其來源卻在於性本能。所謂「本能」，指的是一種來自肉體而表現在精神上的內在刺激。但是又和「刺激」不同，因為刺激代表的是外在激盪。弗洛伊德說：「所以『本能』這個觀念劃清了精神與肉體的鴻溝」。在文學作品中，描寫這種「本能」及性苦悶，對揭示人物的內心世界顯然是頗為重要的。它有助於人物形象的塑造，使作品的人物成為具有人性的完整的人。

〔註13〕弗洛伊德：《愛情心理學》（林克明澤）第 139 頁，作家出版社 1986 年 2 月第一版。

〔註14〕徐傑：《一個女性》。見莊鍾慶編：《茅盾研究論集》第 257 頁，天津人民出版社 1984 年 6 月出版。

　　3. 病態的性欲。茅盾經過觀察，研究社會人生，他發現「病的性欲──這是一種社會的心理的病」，並說是「值得研究的」。而這種研究需從社會學和心理學兩方面進行。作為生活、戰鬥在二十年代中期中國動亂的社會裏的一員，茅盾對當時的社會問題和青年問題不僅熟悉而且有較深刻的理解。當時青年人中的病態性欲，是一個普通的現象，在大革命失敗之際則更為突出。正如廚川白村所分析的：「近代文藝，因了人們外的生活之壓迫與內的生活之苦悶，已表示著一種深強的病的色彩的暗影。如在初時懷抱著遠大的理想或欲望而努力活動的人們，忽然陷於絕望之淵，沉於憂愁、悲哀之底，於是結果所至便流於悲觀厭世。但近代之人對於生的執著非常頑固，當此求生不能欲死不得的狀態，所以一般人多想沉浸於頹廢的肉感生活以自忘其苦痛。當因革命的努力而失敗的時代，性欲生活之病的現象其顯示於文藝所以最為強烈者，便是這個緣故」。〔註15〕這種病態的性欲的表現，可以說也是當時社會中的一個矛盾。如《蝕》三部曲、《野薔薇》中的幾個短篇小說中的男女青年，他們的病的性欲，就從一個側面表現了「小資產階級知識分子在這大變動時代的矛盾」。讓我們看看章秋柳身上所表現的病態的性欲吧。在《追求》的第三章裏，茅盾寫道：「她回到自己寓處獨坐深思時，便受了極端的苦悶的包圍，她自己很明白的知道有兩條路橫在她面前：一條路引她到光明，但是艱苦，有許多荊棘，許多陷坑，另一條路引她到墮落，可是舒服，有物質的享樂，有肉感的歡狂！她委決不了，她覺得兩者都要。理智告訴她取前者的路，而情感則要她取後者。她感受了理智和感情的衝突了。」在這種矛盾的心理作用下，她企圖以戀愛遊戲「改造史循」，正是一種病態的性欲的表現。如她心中所想：「這不是自己愛史循，簡直是想玩弄他，至少也是欺騙他」。其實，她把「玩弄一切男人」作為自己哲學的信條，甚至當王詩陶說：「有一天晚上，我經過八仙橋，看見馬路上拉客的野雞，我就心裏想，為什麼不敢來試一下呢？為什麼我不做一次淌白，玩弄那些自以為天下女子可供他玩弄的蠢男子？詩陶，女子最快意的是，莫過於引誘一個驕傲的男子匍匐在你腳下，然後下死勁把他踢開去」。這位章女士的病態心理竟使得「她突然抱住了王詩陶，緊緊地用力地抱住，使她幾乎透不出氣，然後像發怒似的吮接了王女士的嘴唇，直至她臉上失色」。這裡的描寫，是不尋常的，但卻符合章秋柳的性

〔註15〕廚川白村：《文藝與性欲》，《小說月報》第十六卷第七號，1925 年 7 月商務印
　　　　書館發行。

格、氣質和特殊心理。她「玩弄男子」是病態的性欲，而她對王詩陶的擁抱和狂吻，也是病態的性欲，屬於《性學三論》中所說的「性倒錯者的行為型態之一」。章秋柳是一個「心理陰陽人」，她是一個女性的身軀，錯裝了男性的腦子。這個「時代女性」，的確是那個時代的病態性欲生活進行真切而細緻的透視後，所創造出來的有著鮮明個性的典型形象之一。

4. 性行為的錯亂。這也是一種病態性欲的現象。茅盾對這種性行為錯亂的透視主要有以下幾個方面：（1）同性戀或類同性戀。如前所述的章秋柳之對王詩陶，女生寢室中兩個女生同睡一床，等等。（2）亂倫的淫欲。如《小巫》中的少爺和他父親的小妾菱姐。（3）虐待狂。如《小巫》中老爺對待菱姐的打罵：「老爺卻不怕太陽菩薩……偏偏常要看那叫他起疑的古怪花紋。不讓他看到時一定得挨打，讓他看了，他喘過氣後也要擰幾把……碰到他不高興時，老大的耳刮子刷幾下，咕嚕咕嚕一頓罵」。這個人物既是玩弄婦女的封建地主，又是以變態的性欲來滿足自己的「不近人情的虐待狂者」。（4）獸欲的發泄。其一如《子夜》第四章所寫地主兒子曾家駒之欲強姦錦華洋貨店的主婦；其二如吳蓀甫在暴躁的情緒中奸淫女僕王媽。（5）玩弄婦女癖。最突出的例子是《子夜》中的趙伯韜。他的淫亂的性行為是對女性的蹂躪，是對文明的性道德的破壞。然而他卻仗著金錢為所欲為，居然不知羞恥地把半裸的姘婦喚出來給來訪的客人觀看。我覺得與其說這些文字是描寫趙伯韜的淫亂生活，不如說是作家意欲通過這一描寫從一個側面揭露趙伯韜的醜惡靈魂。可以設想：如果茅盾不寫趙伯韜的錯亂的性行為，這個人物的性格將不會如此豐滿、生動。

5. 性衝動的抑制。茅盾還透視並描寫了人物的性抑制。如在《幻滅》的最後寫強連長離開靜女士返回軍隊，這是寫青年軍人對性的抑制。而吳蓀甫找到劉玉英密談，要劉玉英為他刺探趙伯韜的秘密之後，面對劉玉英的性誘惑，雖曾「把不住心頭一笑，可是這種神思搖惑僅僅一剎那。立刻他的心神全部轉到了老趙和公債」。這也是性抑制的表現。而性抑制在文明社會中具有十分重要的作用。因為「精神力量得以發展而壓制性生活，有如河堤，引導其走向狹窄的河道。這些精神力量包含了嫌惡、羞恥心，以及道德的、美感的理想化要求」，「這使得一種性欲來源的過強激動能夠找到一個出口而貢獻於其他方面，故而一種本身頗具危險的素質，卻能大大地提升了精神工作的效率」。這也是因為性本能「受阻時（阻力總是很大的），能轉移其目標而無

損其強度，因而爲『文化』帶來了巨量的能源」。〔註16〕雖然我們不同意性欲是藝術的源泉的理論，但是弗洛伊德的上述理論也不是毫無道理的。

第三多技法的表現。茅盾小說中性欲描寫的突出特徵還在於它的作品中的表現是多色彩的，作家運用嫻熟的技巧，或敘述，或描寫，或對話，或抒情，或象徵，或對比，均爲刻劃人物形象、推動情節發展服務，而且恰到好處。

（1）敘述。例如，梅女士對她和柳遇春結婚這件事是很壓惡的，在婚後三天，他的心裏「只有驚怯、沮喪、鬱怒、內疚，混成了煩悶的一片」。作家用倒敘之筆把她新婚之夜的遭遇呈現在讀者眼前。這段以第三人稱來寫的敘述，寫出了梅女士在新婚之夜是怎樣被動地過了她的第一次性生活。在這以後的許多天裏，她的性冷感越來越增強，更憎恨她不愛的這個男子，而思念她所愛的另一個男子——韋玉。梅女士雖然是一個新女性，然而在長期禁欲的舊中國社會裏，她並未有絲毫的性知識，當然不知弗洛伊德曾說過：「多數男人的性欲之中都混合了侵略性和征服欲」。也不知她對柳遇春的憎恨，已使她成爲精神上的性無能者。而她的「阻抗」卻更激起了柳的性欲衝動，於是她忍無可忍地設法逃出了藩籬。在茅盾小說中，運用敘述來表現性欲的生動段落還有很多，這裡不再多引。

（2）描寫。作爲一種技法，茅盾調動了肖像、心理、動作等多種具體的描寫方法，來表現人物的情欲。例如茅盾這樣描寫將要發泄獸欲前的吳蓀甫：

他像一隻正待攫噬的猛獸似的坐在寫字桌前的輪椅裏，眼光霍霍地四射……他的眼光突然落在王媽的手上了……他那一對像要滴出血來的眼睛霍地擡起來，釘住了王媽的臉……

這裡運用「像……猛獸」、「像要滴出血來」等比喻，形容得既妥貼又生動。

然而，茅盾對人物肖像的描寫多是通過人物的眼睛來寫，並不作直接描寫。例如《動搖》第四章寫方羅蘭見過孫舞陽之後心旌搖動，爲了穩定自己，他「從新估定價值似的留心瞧著方太太的一舉一動，一顰一笑」，「他在醉醺醺的情緒中，體認出太太的肉感美的焦點是那細腰肥臀和柔嫩潔白的手膀，略帶滯澀的眼睛，很使那美麗的鵝蛋臉減色不少。可是溫婉的笑容和語音，也就補救了這個缺感」。這種描寫的好處在寫肖像與寫心理活動相結合，表現

〔註16〕弗洛伊德：《愛情心理學》、《「文明的」性道德與現代人的不安》。

了「情人眼裏出西施」。當我們在後面讀到「在兩心融合的歡笑中，方羅蘭走進了太太的溫柔裏，他心頭的作怪的黶影，此時完全退隱了」，也就感到這樣的描寫是順理成章的了。

茅盾運用心理描寫刻劃人物的技巧素來爲人稱讚，在探討他作品中的性欲描寫時，我們自然不會忽略。在前面我們已引用《一個女性》中瓊華的內心幻想的一段分析了少女的性苦悶。那段文字寫得很生動，有人曾認爲茅盾是受了莫泊桑《一生》中有關性欲描寫的影響。〔註 17〕然而他在作品中對人物性心理活動的描寫，卻是他卓有特色的藝術創造。例如，《水藻行》中的財喜聽秀生老婆說秀生威脅「總有一天他白刀子進，紅刀子出」時，茅盾先寫財喜笑著說「他不敢的，沒有這膽量」，然後這樣寫他的心理活動：

> 於是秀生那略帶腫浮的失血的面孔，那乾柴似的臂膊，在財喜眼前閃出來了；對照著面前這個充溢著青春的活力的女子，發著強烈的近乎羊騷臭的肉香的女人，財喜確信他們這一對眞不配；他確信這麼一個壯健的，做起來比差不多的小夥子還強些的女人，實在沒有理由忍受那病鬼丈夫的打罵。

> 然而財喜也明白這女人爲什麼忍受丈夫的凌辱，她承認自己有對他不起的地方。她用辛勤的操作和忍氣的屈伏來賠償他的損失。但這是好法子麼？財喜可就困惑了，他覺得也只能這麼混下去。究竟秀生的孱弱也不是他自己的過失。

這段心理活動描寫的內涵很豐富：（1）秀生老婆對他的「吸引力」；（2）他對秀生夫婦結合的不合理性的直覺；（3）他對秀生打罵這個懷有身孕的他的情婦的憤憤不平和對秀生老婆的同情與愛憐；（4）對秀生老婆含屈忍受的理解；（5）對秀生因貧窮致病而性無能的同情與諒解。茅盾將如此豐富的內涵、起伏的情感寫得那樣筆墨簡潔，散發著濃厚的鄉土氣味，造成了獨特的藝術韻味。

《子夜》中寫四小姐在動物園觀看一對異性猴子的心理描寫，還有《自殺》中環小姐回憶自己「失身」時的心理描寫，也是富有藝術情趣的。且讓我們看看《自殺》中下面的一段描寫：

> ……她拾起那張撕破的照片，很溫柔的拼合起來，鋪在膝頭。

〔註 17〕可參看祝秀俠：《茅盾的〈一個女性〉》，見莊鍾慶編：《茅盾研究論集》，第 260 頁。

像一個母親撫愛她的被錯責了的小寶貝。她又忍不住和照片裏的人親一個吻。她愛他，她將永遠愛他！有什麼理由恨他呢？飛來峰下石洞中的經驗，雖然是她現在痛苦的根源，然而將永遠是她青春歷史中最寶貴的一頁呢！以後在旅館內的幾次狂歡，也把她青春期點綴得很有異彩了。她臉上一陣烘熱，覺得有一種麻軟的甜味從心頭散佈到全身。

在動作描寫中揉進對人物心理活動的描寫，不僅寫人物做什麼，還寫人物行動時的思想，而且還寫出了人物的感覺及潛意識，由此足見茅盾描寫技巧的嫻熟、高超！

（3）對話。茅盾善於運用對話來表達人物的思想——與性欲緊密聯繫的意識。例如孫舞陽與方羅蘭的一段對話，孫舞陽很同情方羅蘭的妻子的苦惱，她直截了當地對方羅蘭說：「羅蘭，我很信任你，但我不能愛你，你太好了，我不願你因愛我而自惹痛苦，況且又要使你太太痛苦。你快取消了離婚的意思，和梅麗很親熱地來見我。不然，我就從此不理你。羅蘭，我看得出你戀戀於我，現在我就給你幾分鐘的滿意」。接著，「她擁抱了滿頭冷汗的方羅蘭，……」「然後，她放了手，翩然自去，留下了方羅蘭糊糊塗塗站在那裡」。這一段中寫出了孫舞陽是極富於個性的，是值得贊許的。今天現實生活中的一些「浪漫的女性」，不是比她還不如的嗎？

（4）其它方法。茅盾作品中還結合其他表達方法來描寫人物的情感——與性欲關聯的愛戀、憎恨、苦悶、惆悵……等等。如寫黃因明的一段話：「因為我也是血肉做的人，我也受生理的支配，我也有本能的性欲衝動；我是跌進了，失悔，沒有的，我並沒把這件事看得怎樣重要，我只恨自己脆弱，不能拿意志來支配感情，卻讓一時的熱情來淹沒了意志！……」這是通過議論來抒情的。再如梅女士對於梁剛夫的戀情，茅盾在用懸念、幻覺、對話等方法進行描寫的同時，還這樣抒寫她的情感：

咳咳，這不可抗的力，這看不見的怪東西，是終於會成全我呢？
還是要趕我走到敗滅呀？只有聽憑你推動，一直往前，一直往前，
完全將自己交給你罷？！

這彷彿是一個教徒對於不可知的命運向神靈所發出的祈禱。這也是一種直接抒發人們情感的手法。而「好像被看不見的手推了一下，梅女士猛地投入梁剛夫的懷裏，他們的嘴唇就碰在一起，擁抱、軟癱、陶醉，終於昏迷地掛懸

在空中……」。則是通過寫夢來表現她想與梁剛夫結合而又擔心不能如願的惆悵已極的心情。小說中的這種寫法當然與散文寫作的抒情方法有很大的不同，如同茅盾所使用的那種，都不是作者自己出面而是由人物進行抒情的。

還有，象徵性的性欲描寫。如《子夜》中的雷參謀和吳少奶奶之間的定情信物——一本《少年維特之煩惱》和一朵枯萎的白玫瑰即是；雷參謀走後，這位缺少正常性生活的少婦，唯有觀看和撫抱這花和書來消解她的性苦悶。這也許是弗洛伊德指出的戀物症的一種表現吧。還有《動搖》第八章開頭寫的「春的氣息」，也蘊含著那時代各種人物「春情發動」的象徵意味。

至於《詩與散文》中對於性欲的描寫，作家明顯地運用了對比的手法。青年丙和桂奶奶的「兒女私情」，是經由多種對比表現出來的。（1）是在人物的「配方」上：未婚男性和已婚女性。按一般寫法，僅此「配方」就可以寫成桂奶奶的又一齣悲劇。但是茅盾卻是全新的構思，他寫成桂奶奶最後拒絕了青年丙。（2）是在兩人性行為的目的上：青年丙是發泄原欲，而桂奶奶，雖然茅盾說她是被青年丙「啟發」而「打破了貞操觀念，便一發而不可收，放浪於形骸之外」〔註18〕，但是她的最高目的不是單純的解決性欲的不滿足，而是要終有所託，一旦她的最高目的不能達到，她的理智就產生性抑制而拒絕青年丙的求歡。（3）是在對「表妹」出現的不同態度上：青年丙把表妹看成「詩」，而把桂奶奶視作「散文」；而桂奶奶原來把青年丙看成是他的「詩」，當「表妹」一出現，她看清青年丙不是「詩」，而是「散文」。在兩人來說，他們都追求「詩」——美好、理想的未來，而結果兩人仍跌進「散文」——現實之中。青年丙企圖維持現狀，而桂奶奶卻能擺脫，雖然經過了「之」字形的波折，但兩人間第一次曾產生的「靈之顫動」（詩？）和以後的「肉的享宴」（散文？）再也不可能出現了。（4）在兩人性格的對比上：桂奶奶剛強無所顧忌，青年丙卑下、虛偽無恥。在作品中，作家批判的筆鋒自始至終是針對著愛情的背叛者青年丙的。例如，桂奶奶斥責丙的話，是那麼的尖銳、有力：「你說的什麼變相，我不承認。我只知道心裏要什麼，口裏就說什麼。你呢，嘴裏歌頌什麼詩樣的男女關係，什麼空靈，什麼神秘，什麼精神的愛。然而實際上你見了肉就醉，你顛狂於肉體，你喘息垂誕，像一條狗！我還記得，就同昨天的事一樣，你曾經怎樣崇拜我的乳房、大腿，我的肚皮！你的斯文、清高、優秀，都是你的假面具；你沒有膽量顯露你的本來面目，你還

〔註18〕茅盾：《我走過的道路（中）》，第89頁。

想教訓我，你眞不怕羞！」這篇小說通過這些對比來描寫青年男女病態的性欲生活，表現出的主題是：人的性欲應轄制於人的愛情，有眞正愛情的性欲生活才是合情合理的性欲生活。

以上就是我對茅盾小說人物性欲描寫的藝術特點的一些認識。

四、對茅盾小說人物性描寫的總體評價

茅盾對於一些評論家說他是自然主義或受自然主義影響很大，一直是持不同意見的。他在晚年寫的《創作生涯的開始》中說：「我嚴格地按照生活的眞實來寫，我相信，只要眞實地反映了現實，就能打動讀者的心，使讀者認清眞與僞，善與惡，美與醜。對於我還不熟悉的生活，還沒有把握的材料，還認識不清的問題，我都不寫。我是經驗了人生才來做小說的，而不是爲了說明什麼才來做小說的」。對於茅盾的這段話，我們應給以足夠的重視。下面，我想從總體評價上提出幾點看法：

第一、**茅盾的小說是現實主義創作方法的產品，而決不是什麼自然主義的，茅盾小說人物性欲的描寫也是現實主義的描寫，而決不是什麼自然主義的描寫。**在前面分析作品的對象主體時，我已指出，不僅性欲問題是人生的五大要素之一，而且這種性欲問題與人的社會性緊密聯繫在一起。茅盾所表現的正是那個特定時代、特定社會環境中的典型人物的性欲生活。茅盾要表現當時人們的變態心理，就不能視而不見，故意不寫以躲避某些批評家的所謂「批評」。他是「嚴格地按照生活的眞實來寫」的，而且是他熟悉的，有把握的，認識清楚的。如果茅盾在創作時不寫人物的性欲問題，他的小說就不會是現在這樣子，在當時不僅不能轟動社會，產生巨大影響，也不會在文學史上有今天這樣的地位。因此，性欲描寫是茅盾小說的重要組成部分，猶如一個人的身體的一手或一足，是不可或缺的。要評論茅盾小說的藝術成就，不能不重視對其小說中性欲描寫的研究，否則，得出的結論就會是不全面的。

第二、**茅盾小說人物性欲的描寫是文學的而不是色情的。**作品中所描寫的性欲的場面或表現是否是文學的或是色情的，其分界線在於描寫的目的是否表現病態的性欲。如果描寫的是表現病態的性欲——社會的心理的病，則是有文學價值的，反之則非。而且，誠如茅盾所指出的，「表現病的性欲，並不必多描寫性交。尤不該描寫『房術』。」因爲「粗魯的露骨的性交描寫是只能引人到不正當的性的觀念上，決不能啓發一毫文學意味的」。茅盾在小說創

作中是恪守他所說的「不必」和「尤不該」兩條原則的，例如在受人非議最多的《詩與散文》裏，茅盾有兩處寫到男女主人公的性交，但他所寫的只是：

（1）……桂現在是取了更熱烈的旋風似的動作，使青年丙完全軟化，完全屈服。

黑暗漸漸從房子的四角爬出來，大衣鏡卻還明晃晃地蹲著，照出桂的酡紅的雙頰耀著勝利之光，也照出丙的力疾喘氣的微現蒼白的嘴角。

（2）他不知道怎樣才能表示他的感激，他的愉快，他的興奮；他發狂似的汲取感官的快樂，然後，在旋風樣的官能刺激的頂點，他忽然像跌入了無底的深坑……

這兩段都沒有寫「房術」，即使寫的是性交，卻是含蓄的，著筆既輕，行文也不顯露，全是「虛寫」。

至於茅盾在小說中寫男女青年談戀愛中的窺看、撫摸，則連病態的性欲也不是，而是一種現實生活情景的細節描寫。如弗洛伊德在其《性學三論》中指出的：「一個人若欲達成正常的性目的，相當程度的撫摸原是不可或缺的……。觀看也是一樣的……，挑逗著性之興奮的視覺印象，在這種場合下不能不偏頗，因為──如果你不反對目的論的說法的話──『情人眼裏出西施』，性對象必須是美麗的。遮蔽軀體的衣服，隨文明而進展，意在不斷地激惹性的好奇心理，也使性對象能以裸露身體來吸引異性。如果我們的興趣從性器轉向全身的體態，這種好奇的心理便是藝術性的。」因此，對於這方面的描寫（如《虹》中徐自強對梅女士胸脯的窺看）就更不能說是「色情」描寫了。

第三、茅盾小說人物性欲的描寫是作家藝術地表現人生、刻畫典型性格的一種可貴的創造。我們翻看《虹》、《子夜》等作品發表時的《小說月報》，從其他的作家的作品裏也會發現不少的性欲描寫。這是一種普通性的創作現象。今天我們評論茅盾小說中的性欲描寫，應該看到，他在自己的作品中努力實踐他提出的正確的性欲描寫的理論，並且取得了好的藝術效果。這是他藝術地表現人生的一種極有價值的探索，是對生動地刻劃人物典型性格的可貴的創造。茅盾的這種探索和創造的審美價值，至少有以下兩點：

一、將人的自然屬性的性欲與人的社會屬性──思想意識，道德情操和社會活動、生存鬥爭、政治生活結合起來描寫，豐富了小說的藝術內涵和審美層次。

二、運用藝術手段反映、表現現代化文明社會中的性欲問題，是對相當數量的一部分人尤其是青年的病態性欲的一種藝術的療救，具有很大的認識價值和教育意義。

第四、茅盾是以嚴肅、認真的態度進行創作和對待批評的。早在 1933 年，韓侍桁評論《子夜》時，曾一筆抹煞《子夜》中的性欲描寫，他主觀武斷地寫道：「爲了調和讀者的興趣，我們的作家，也像現今一般流行的低級的小說一樣地，是設下了許多色情的人物與性欲的場面」。他逐一地指責《子夜》中的性欲描寫段落，在評論吳蓀甫姦淫王媽這個情節時，竟說「以吳蓀甫那樣鐵似的人，埋頭於事業，犧牲了一切家庭幸福，拋棄了一切的可能的享樂的資產階級的一種典型，作者也使他演了一場不合理的性欲狂」。〔註19〕不過，即使在《子夜》發表的當時，也還是有評論家看出茅盾的藝術匠心的。吳宓在《茅盾著長篇小說〈子夜〉》一文中就指出：「當蓀甫爲工潮所逼焦灼失常之時，天色晦冥，獨居一室，乃捕捉偶然入室送燕窩粥之王媽，爲性的發泄。此等方法表現暴躁，可云妙絕」〔註20〕。何況茅盾的這段描寫是接受了瞿秋白的建議而用心經營的呢。其實，茅盾早在創作《蝕》三部曲時，就是以認真、嚴肅的態度構思作品包括其中的性欲描寫的，誠如他自己所說：「我所能自信的，只的兩點：一、是未嘗敢粗製濫造；二、是未嘗爲要創作而創作——換言之，未嘗敢忘記了文學的社會意義。」不僅在創作時如此，而且在發表以後，他能誠懇地接受有識見的評論家的批評和建議，並對不適當的性欲描寫進行刪削改寫。其中最主要的是刪去了章秋柳和史循第二次到炮臺灣旅館住宿中的性欲描寫。在「史循搖頭，兩手依然遮掩了臉」一句之下刪去了約三千字，改寫成「適在而止」一段，比先前減少約二千二百多字。這樣修改之後，不僅刪去了那些被批評爲「太過於淫蕩」、「史循在性交前服丸藥」的內容，尤爲重要的是史循的性格得到了進一步的發展，正如他向章秋柳所說的，從前他是極端地反對「適可而止」的，他要求「盡興，痛快」；現在是章秋柳以她旺盛的生命力把他引導出「懷疑和悲觀的深坑」。因而他主動地對章秋柳提出：「我想，你我之間還是適可而止罷。快樂之杯，留著慢慢地一口一口的喝罷！」並且，史循另外開了一個房間，這一夜就未與章秋柳同居。從情節發展上看，這樣的修改，既避免了與原稿所寫第一夜內容的重複，又

〔註19〕引自莊鍾慶：《茅盾研究論集》。
〔註20〕同上書。

使行文上有了一個小的波折，是有意義又有情趣的，增強了作品的可讀性和藝術魅力。茅盾對《追求》中性欲描寫的修改，進一步印證了他的主張：「表現病態的性欲，並不必多寫性交，尤不該描寫『房術』。」文學作者在描寫人物性欲時，是較進行其它的描寫更應該慎重從事和精心寫作的。

以上關於茅盾小說人物性欲描寫的四點評價可能是不全面的欠深刻的，但我想，這樣的評價是起碼的和必要的。否則，我們將仍然是原地踏步或望而卻步、避而不談，而這是不利於茅盾小說研究的深入進展的。

最後，我想有必要說明，我們在今天研究、評論茅盾小說人物性欲的描寫，自然不是獵奇，更不是尋求官能刺激，而是要用文藝科學的顯微鏡透視這一文學現象，並從中發現可資借鑒的內容，通過研究來發展和繁榮我國的社會主義文學事業。

幾年來。我國當代不少作家已在作品中描寫到性欲問題。其中的大部分作品都是有藝術價值的。這些作品或是把性欲問題作為一種政治問題的象徵而存在，或是從性欲描寫來觸及某些倫理道德的敏感區域，或是著意於表現當代青年的性苦悶、性要求。但是，以茅盾的觀點來盾，這些都不是性欲文學一樣。這樣的文學現象是正常的，無須大驚小怪。重要的問題在於要有正確的理論的指導，並以創作出好的作品作為楷模。茅盾關於這個問題的主張和他的創作實踐，仍然具有現實的指導意義。它啟示我們當代的作家：

一、在文學作品中描寫性欲，其程度分寸應受到作品的整體藝術構思的制約，而不應成為游離於人物情節的發展、單純追求感官刺激和不健康心理的廉價的調味佐料。文學畢竟是文學。作家對其作品理所當然負有嚴肅的社會責任感。在這裡，作家應堅定不移地遵循茅盾提出的「不必」和「尤不該」兩條原則。

二、性欲描寫在文學作品中一旦出現，就應該成為藝術美的一種形象的體現，給人以美感。即使描寫淫邪之徒醜惡的性心理、性生活，也要使之成為一個藝術美的形象的體現。對於評論家來說，要及時對這些作品進行評論，或開展爭鳴。既要作綜合性的評論，又要對一篇作品作深入而有見地的藝術分析，使評論文章既有利於提高讀者的欣賞水平，又能為作家所接受，從而去進一步修改作品使作品精益求精。

我國當代作家如果能夠像茅盾那樣，正確運用馬克思主義的觀點對待文學中的性欲描寫，那就不僅可以從人類得以繁衍的角度認識性欲行為是一種

與勞動同樣神聖的「再生產」（恩格斯語），而且可以正確理解並努力把握文學作品中人物性欲的文學描寫的原則與技巧。這對於社會主義事業的發展無疑將會產生有益而深遠的影響。

1988 年 4～11 月於吉山新村

（原刊於《湖州師專學報》1989 年第 1 期）

茅盾：春天預言家的大愛襟抱

《春天》不是「幻想」是「預言」

六十年前，新中國如一輪朝陽正透過陰雲噴薄欲出。神州大地還籠罩在黎明前的黑暗之中。

1948 年 12 月 12 日，現代中國新文學三大奠基人之一的茅盾（沈雁冰）創作了一篇小說《春天》。他在這篇小說的開頭寫道：「春天來到大地，有遲有早。各人所經歷的春天，也有多有少。勞動英雄常爲民現在經歷的是第四個春天，可是『開會專家』華威先生還是第一回暴露在春光之下。」接著，他以生動的敘事語言寫了華威先生（茅盾說「我有意借用張天翼創造的這個典型人物」）如何以「自由主義」運動民主人士的身份插腳各種社團進行活動的故事。小說結尾寫的是：「春來了，一切有生機的都在蓬蓬勃勃發展，呈現它們的活力；但陳年的臭水溝卻也卜卜地泛著氣泡。」

《春天》在 1949 年 1 月香港出版的《小說》月刊發表後，「在國內沒有引起人們的注意。當時大家關注的是正在進行的將要決定中國命運的三大戰役，後來也鮮有人道及。」茅盾說。而日本的評論界很快有了反映，他們把《春天》稱之爲茅盾的「幻想小說」。對此，茅盾說：「其實，它不是我的『幻想』，而是我的『預言』。」他「預言」在新中國成立後將會出現的「新」與「舊」的生活和人物的故事。

這篇「預言」小說是茅盾一生中創作的最後一篇短篇小說，此後他就再也未寫過短篇小說。

此前，茅盾已經創作出許多短篇傑作，從 20 年代末到 30 年代結集出版

-293-

的短篇小說集有《野薔薇》、《宿莽》、《春蠶》、《泡沫》等。人們提到茅盾的短篇小說，首先就會想到《春蠶》，它和《秋收》、《殘冬》被文學史家合稱爲「農村三部曲」。《春蠶》寫成於 1932 年，《秋收》和《殘冬》完稿於 1933 年。創作期間，中國農村特別是江南一代鄉村農民破產、凋敝、「豐收成災」的日益嚴重。許多農民因爲破產而負債，甚至賣兒賣女、流離失所。茅盾觀察、關注到這些觸目驚心的社會景象，在心中醞釀、創作出了《春蠶》這篇傑作。小說描寫江南農村老通寶一家養蠶「豐收成災」的悲慘故事，勾勒出老通寶勤勞儉樸、忠厚老實，具有韌性和忍受精神，卻因循守舊、受封建舊意識毒害深刻，是老一代農民的典型形象。而老通寶的兒子多多頭，則豪爽、熱情、樂觀，具有獨立見解，認識到農民的命運單靠勤儉勞動即使累得背脊骨折斷也不能翻身。他和老通寶冥頑不化的封建意識形成了鮮明的對照，是正在覺醒中的中國農村新一代的農民形象。茅盾通過小說形象對比地描寫了兩代農民的言行，展示了他們所走的不同道路。《秋收》、《殘冬》是《春蠶》的續篇，其時代風情與地方風俗交相輝映，仍然適時地提供了 30 年代中國農村大變化的生動場景和歷史畫面。

「農村三部曲」既體現出了茅盾對中國社會經濟狀況整體的獨到把握和敏銳觀察，在人物和細節描寫的眞實性、生動性上，又體現出其高超的藝術表現能力。夏志清評論《春蠶》說：「整個故事給人的印象是：茅盾幾乎不自覺地歌頌勞動分子的尊嚴」，是一篇「人性尊嚴的讚美詩」，朱自清稱讚「《春蠶》、《秋收》，分析得細」。

收在《春蠶》中的《林家鋪子》也是茅盾最著名的短篇小說，它敘述「一·二八」上海戰爭前後江南水鄉小鎮一個小商人在軍閥混戰、農村凋敝、洋貨傾銷、社會黑暗的環境中苦苦掙扎而最終破產的故事。小說生動、形象地刻畫林老闆這個小商人的形象。由於身處亂世之中，他雖然精明能幹，善於做生意，但是仍然難以繼續支撐，不僅要拿銀子四處打點，連自己的女兒都差點被局長搶去，無奈之下只得逃走，小店被迫倒閉。其批判鋒芒直指令人無法生存的黑暗社會。而林老闆的商人性格和故事，在今天讀來也可以映照出現實生活中一些商人的內心世界。

茅盾短篇小說中還有許多，如《報施》、《創造》、《大鼻子的故事》、《色盲》、《詩與散文》、《石碣》、《手的故事》、《水藻行》、《小巫》、《煙雲》、《有志者》、《自殺》等，這些佳作普遍受到人們高度評價。如他的第一個短篇小

說《創造》，邵伯周教授稱「作品對環境和人物內心世界描寫得極為細膩，具有獨特的風格。」；再如《水藻行》，日本是永駿教授說「《水藻行》是一篇短篇小說，然而，可以說，作品本身所處的地位與《大地》不同，作者茅盾以其高度的文學精神在作品中創造了閃爍出現實主義光輝的真實性。」文學史家認為，茅盾在短篇小說領域裏開創的「社會分析」小說的創造模式是產生了深遠的影響的。

上述茅盾的短篇小說與《春天》有所不同，不是「預言」，而是「寫實」，但是他們相同的都是作家以自己豐富的想像力進行藝術創造並以別具特色的文學語言典型化了的產物。它們與魯迅的短篇小說傑作一起，在中國新文學的畫廊裏光彩奪目，永照文壇。

生命之火燃織成長篇小說《蝕》、《子夜》……

茅盾優秀的短篇小說一直為人們稱道，但他是以長篇小說蜚聲文壇、影響讀者，並在歷史進程中發揮文學的作用的。他的長篇小說系列，開創了「史詩」式長篇小說文體，組成了茅盾人物系列裏最光輝耀眼的時代人物長卷。

茅盾的長篇小說創作，始自《幻滅》。他根據一年多來經歷的大革命中的一些人物、事件，以及原來寫下的一個小說提綱，創作出了他的第一部小說《幻滅》。發表時用什麼筆名卻頗費周折。後來，他想到當前革命與反革命的矛盾；革命陣營內部的矛盾；小資產階級知識分子在這大變動時代的矛盾，以及自己生活和思想上的矛盾，就隨手在《幻滅》的題目下面寫了個新的筆名：「矛盾」。葉聖陶認為小說寫得很好，但是對於筆名，則建議把「矛」改為「茅」。於是中國現代文學史上才有了「茅盾」。

不久，茅盾又發表了《動搖》、《追求》。兩年後，合成三部曲以《蝕》為名，由開明書店出版。在《蝕》的扉頁上，茅盾寫下這樣的題詞：「生命之火尚在我胸中燃熾，青春之力尚在我血管中奔流，我眼尚能諦視，我腦尚能消納，尚能思維，該還有我報答厚愛的讀者諸君及此世界萬千的人生戰士的機會。營營之聲，不能擾我心，我惟以此自勉自勵。」

茅盾說他提倡過自然主義，但當他寫自己第一部小說時用的卻是現實主義。他說：「我嚴格按照生活的真實來寫，我相信，只要真實地反映了現實，就能打動讀者的心，使讀者認清真與偽，善與惡，美與醜。我是經驗了人生才來做小說的，而不是為了說明什麼才來做小說的。」

「喜歡茅盾小說勝於喜歡巴金小說」的樂黛雲教授認為：茅盾的長篇小說「在中國是首屈一指的」，「在《蝕》中，茅盾最大的貢獻就是這個『時代女性的二型』，這二型實際上是跟世界文學聯繫在一起的，我們可以從世界文學其他的作品裏面看到這種類似的「貞女」和「妖女」的不同的類型。在中國革命當中，這兩種類型有著特殊的、獨到的內涵」，「在討論世界文學的女性的二型的時候，我想，茅盾的作品應該佔有很重要的一席地位的。」

1933 年出版的《子夜》，是茅盾長篇小說中最著名的作品。他說，「我寫這部小說，就是想用形象的表現來回答托派和資產階級學者：中國沒有走向資本主義發展的道路，中國在帝國主義、封建勢力和官僚買辦階級的壓迫下，是更加半封建半殖民地化了。」茅盾最初設想，這部都市——農村交響曲將分為都市部分和農村部分，都市部分打算寫一部三部曲，並且寫出了初步的提綱。第一部叫《棉紗》，第二部為《證券》，第三部是《標金》。然而，他寫完了提綱，就覺得這種形式不理想：農村部分是否也要寫三部曲？這都市三部曲與農村三部曲又怎樣配合、呼應？等等，都不好處理。最後決定改變計劃，不寫三部曲而寫以城市為中心的長篇。他又重新構思寫出了一個《提要》和一個簡單的提綱。這個提綱，我們可以從茅盾晚年的《回憶錄》裏讀到。「大綱」的一部分——第十章至第十三章、第十六章、第十八章、第十九章已經發現，刊於文化藝術出版社出版的《茅盾研究》第一輯。這幾章「大綱」，是如此詳細，簡直是一部長篇小說的縮本！

為了寫這部小說，茅盾繼續多方面地積極地進行創作的準備。他先是訪問了從前在盧公館遇到的那些同鄉、親戚、故舊，瞭解到許多新的情況，尤其是日本絲在國際市場上與中國絲競爭，使得中國各地的絲廠紛紛倒閉。為了寫好絲廠和火柴廠的民族資本家，他再一次去絲廠、火柴廠參觀。

茅盾後來寫道：「我是第一次寫企業家，該把這些企業家寫成怎樣的性格，是頗費躊躇的。小說中人物描寫的經驗，我算是有一點。這就是把最熟悉的真人們的性格經過綜合、分析，而且求得最近似的典型性格。吳蓀甫的性格就是這樣創造的；吳的果斷，有魄力，有時十分冷靜，有時暴跳如雷，對手下人的要求十分嚴格，部分取之於我對盧表叔的觀察，部分取之於別人的同鄉之從事於工業者。」因為小說中要寫到公債投機，他找了個做交易所經紀人的朋友帶自己進入華商證券交易所實地觀察。此人向茅盾說明了交易所中做買賣的規律，以及什麼是「空頭」（賣出公債者），什麼是「多頭」（買

進公債者）。茅盾還在交易所觀察到一些無稽的謠言竟會激起債券漲落的大風波。他感到，「人們是在謠言中幻想，在謠言中興奮，或者嚇出了靈魂。沒有比這些人更敏感的人了。」

這部小說的書名，茅盾原擬為《夕陽》。全書寫完後，他經過再三斟酌，決定將書名改為《子夜》。他說：「『夕陽』概括著舊中國社會的日薄西山，一派混濁、暗淡，一切都被黑暗吞噬了；而『子夜』不僅包含著舊中國黑暗的一面，同時也象徵著既已半夜，快天亮了，黑暗過去，黎明就要來臨了。」書名的更易，正反映著茅盾的思想在創作中不斷深化。

1933 年 2 月，《子夜》由開明書店出版。魯迅十分重視，他在致曹靖華的信中寫道：「國內文壇除我們仍受壓迫及反對者趁勢活動外，亦無甚新局。但我們這面，亦頗有新作出現；茅盾一小說曰《子夜》（此書將來當寄上），計三十餘萬字，是他們所不能及的。」瞿秋白評論它是「中國第一部寫實主義的成功的長篇小說」。現代文學史家高度肯定《子夜》的史詩性結構方式和敘事特徵，認為「這在中國小說史上是罕見的。」

茅盾其他的長篇小說如《虹》、《腐蝕》、《鍛鍊》、《霜葉紅似二月花》（包括「續稿」），在當時和以後也都引起了評論家和廣大讀者的關注。

文學史家認為，茅盾與其他寫自我經歷為主的作家最大不同在於他是理性的小說家，他有著較大的氣度、氣勢和氣魄。茅盾認為「一個做小說的人不但須有廣博的生活經驗，亦必須有一個訓練過的頭腦能夠分析那複雜的社會現象」；「偉大的作家，不但是一個藝術家，而且同時是思想家，──在現代，並且同時一定是不倦的戰士」。所以，茅盾的長篇小說在中國現代小說史上是舉足輕重的。他是「社會分析派」的創始人及代表作家，也是徹底改變「五四」中長篇小說的幼稚狀態，使之走向完善的最突出的小說家。

茅盾的小說適應了 30 年代生活內容的變化，對魯迅開創的中國現代短篇小說文體作了新的拓展，向中長篇延伸，大大提高了中國現代小說反映生活和人的心靈深廣度的可能性。在茅盾的手裏，中國的現代長篇小說真正走向了成熟。

使「槍」又使「刀」：革新《小說月報》、編創《清明前後》……

1920 年秋，在加入上海共產黨小組不久，商務印書館當局決定適應「五四」以來的新潮流，全面革新《小說月報》。由於在這之前，茅盾已為《小說

月報》半革新的幾期撰寫了《小說新潮欄宣言》、《新舊文學平議之評論》等文章，實際主持了該刊「小說新潮」欄的編輯事務。為此編譯所所長高夢旦請他擔任《小說月報》的主編。

茅盾主持革新後的《小說月報》第一號刊出了周作人、沈雁冰的論文和評論，冰心、葉紹鈞、許地山等人的六篇創作，耿濟之、孫伏園、王統照等人的譯文，以及鄭振擇的「書報評介」和沈雁冰自己寫的「海外文壇消息」。

《時事新聞》副刊《學燈》的主編李石岑讀了這第一號，寫信熱情讚揚，並提出了一些希望。沈雁冰寫信表示感謝，他說：「中國的新文藝還在萌芽時代。我們以現在的精神繼續做去，眼光注在將來，不做小買賣，或者七年、八年之後有點影響出來。」並且說：「我敢代表國內有志文學的人宣言：我們的最終目的是要在世界文學中爭個地位，並做出我們民族對於將來文明的貢獻。」這，就是新文學奠基者和開拓者之一的沈雁冰的抱負：讓中國的新文學走向世界！

1925 年春，在毛澤東代理國民黨中宣部長、沈雁冰擔任他的秘書期間，接編《政治周報》。1927 年春，他出任漢口《民國日報》主編。從 4 月至 7 月間，為該刊撰寫社論、述評 30 餘篇。以後，還編輯過多種文藝刊物，如 40 年代在香港編輯《文藝陣地》。建國後出任《人民文學》、《譯文》主編等。都取得了巨大的成績，做出了顯著的貢獻。

抗戰以來，茅盾寫了四部長篇小說。1945 年夏，在使了多年的「槍」後，他使了一回「刀」——創作了話劇《清明前後》。劇本以國民黨的「黃金案」醜聞為背景，寫民族資本家林永清在官僚資本的壓迫下掙扎、覺醒的過程，以及小職員李維勤購買黃金受害的遭遇，深刻尖銳地揭露了抗戰勝利前後國民黨統治的腐敗和黑暗。

《清明前後》公演後獲得很大成功。不少工廠的老闆看了演出大為感動，居然慷慨解囊，包場招待他們的職員、工人看白戲。工業家吳梅羹、胡西園等六人還特地設宴招待茅盾和趙丹等演出人員。

眾多的讀者進一步認識了茅盾：他不僅是個大小說家、著名的文藝評論家，在現代文壇上他還是劇作家、詩人、散文家、報告文學作家、劇作家、外國文學翻譯家、報刊編輯家、文學教育家、文學社團組織家、世界文學活動家……，可以說，茅盾幾乎在文學的各個方面精通「十八般武藝」，而且有不同凡響的卓越建樹。

1945 年 6 月，王若飛代表黨中央指出，茅盾是「中國民族與中國人民中最優秀的知識分子」，茅盾所走的方向就是「爲中國民族解放與中國人民大眾服務的方向」。

茅盾：「爲了共產主義的理想，我追求奮鬥了一生」

1949 年 2 月，北平和平解放後茅盾到達北平，參加中國人民政治協商會議的籌備工作。7 月，茅盾出席了全國文代會，並在會上作《在反動壓迫下鬥爭和發展的國統區文藝》的報告。會上，茅盾當選爲全國文聯副主席和中國文協主席。

1949 年 10 月，中華人民共和國成立，茅盾擔任文化部部長。當選爲歷屆全國人民代表大會代表，歷屆政協全國委員會常務委員和第四屆、第五屆全國政協副主席。

他擔任文化部長的十五年間，撰寫了大量的文藝評論和文學研究論著，爲貫徹黨的文藝方針政策、培養青年文藝人才、進行對外文化交流做出了獨到的貢獻。

1964 年，茅盾調離文化部。在十年浩劫的嚴重考驗中，茅盾始終和黨和人民站在一起。當他聽到駱賓基說，馮雪峰的病已確診爲肺癌，吃中藥必須用麝香配，正苦於找不到珍貴的麝香時，就毅然拿出珍藏的一支麝香，託胡愈之去送給馮雪峰。而此時的馮雪峰是一個被開除黨籍的「摘帽右派」，又戴有「文革」中被加上的其他種種「帽子」。茅盾卻置自己可能被牽連於度外。當他得到馮雪峰逝世的噩耗後，在「不許見報，不許致悼詞」的威脅下，毅然前往八寶山，主持了馮雪峰的追悼會。駱賓基對此事寫道：「這是肝膽照人的行動！……儘管這是一次沒有悼詞的追悼會，但卻形成了自文化浩劫以來所未曾有過的『砸爛』了的文藝界的大聚會！茅盾與胡愈之兩同志，無視『四人幫』給戴上的罪名，和同志們一一握手，倍加親切，這親切從彼此相顧的眼光裏如閃閃發光的暖流一般滙集成一個海洋，彼此越加信任。那時，茅盾先生的身體也很虛弱，但在這裡面卻顯示了一種多麼無畏的戰士的精神呀！」接著又寫道：「我從這次追悼會上，感到自己受了一次大檢閱……。而茅盾先生是這次大檢閱的主帥，無語，沉默，卻充滿了戰鬥精神！在我的印象中，從未有的感到，他是那樣崇高而莊嚴！」

粉碎「四人幫」後，茅盾在黨中央的領導下，負責恢復和重建中國作協

和中國文聯的工作。在中國文學藝術工作者第四次代表大會上被選為中國文聯名譽主席、中國作家協會主席。

茅盾在建國後的著述主要有《鼓吹集》、《鼓吹續集》、《夜讀偶記》、《關於歷史和歷史劇》、《茅盾詩詞》、《茅盾文集》、《脫險雜記》、《茅盾論創作》、《茅盾譯文集》、《世界文學名著雜談》、長篇小說《鍛鍊》、回憶錄《我走過的道路》、小說《霜葉紅似二月花》（續稿）等。

茅盾於 1986 年 7 月 4 日誕生於浙江桐鄉，1981 年 3 月 27 日病逝於北京。黨中央根據茅盾的請求和他一生的表現，決定恢復他的中國共產黨黨員的黨籍，黨齡從 1921 年算起。胡耀邦同志在茅盾追悼會的悼詞中指出：茅盾是「我國現代進步文化的先驅者、偉大的革命文學家和中國最早的黨員之一」「是在國內外享有崇高聲望的革命作家、文化活動家和社會活動家。他同魯迅、郭沫若一起，為我國革命文藝和文化運動奠定了基礎」，讚揚他「幾十年來，他勤勤懇懇，殫精竭慮，為建設社會主義文化事業和保衛世界和平的鬥爭，獻出了全部心血」，「可以說，直到生命的最後時刻，他始終沒有放下自己手中的筆為人民服務。」1996 年 7 月，李鐵映代表黨中央又肯定茅盾是「堅持用馬克思主義指導文藝創作、評論和研究的一面光輝旗幟」。

2006 年 7 月 3 日，中國作協和文化部召開茅盾誕生 110 週年座談會。金炳華講話指出：「茅盾先生一生勤奮創作，他的作品已成為中國現當代文學史上的經典。茅盾先生是現當代中國作家理想追求和人品文品的傑出代表。」

當新中國建立 60 週年華誕即將到來之際，我們重讀茅盾的作品、回顧他的人生經歷，將從茅盾的 1400 餘萬字著作、約 250 萬字的翻譯中，從他一生的光輝事蹟、偉大精神中受到啟迪和感召，去更熱烈地擁抱社會主義中國春花秋實的日日月月！

（刊於《中國藝術報》2009／7／17 紀念中國文聯成立 60 週年「大師影像」專版，中國茅盾研究會編《茅盾研究》第 11 輯）

四、茅盾研究論

關於茅盾研究與韋韜先生的通信

1983 年 3 月 27 日，我到北京參加首屆茅盾研討會和中國茅盾研究學會成立大會，第一次見到韋韜先生。其後就有關茅盾生平有過一些通信，最早的一次是一九八三年十二月，我給茅盾兒子韋韜先生寫信，請教茅盾來湖州讀書的時間。承他回信指出：「沈老去湖州中學的時間，回憶錄上寫 1909 年秋，這是弄惜了，應是 1910 年春。因為小學作文是 1909 年的，而當時（辛亥革命前）學校是春季始業。因此，沈老的中學時代實際是三年半：1910、1911 年上半年在湖州中學，1911 年下半年在嘉興中學，1912、1913 年上半年在安定中學。當時中學為五年制，沈老進湖州中學插二年級，在安定中學因學制改為秋季始業，又減少了半年，所以是三年半。」據此，我撰寫了一篇《茅盾就讀湖州中學時間小考》的短文，發表於日本《茅盾研究會會報》第 4 期。此後，由於寫長篇傳記《一代文豪：茅盾的一生》及有關茅盾與秦德君的關係問題，多次向他請教，承蒙他的厚愛，大都給予回信。而自己的去信多未存留，好在韋韜先生的覆信中寫得清楚。如今前輩已逝，書信留存人間，後人閱讀學習遺簡，更有助於研究深入。

1、1986 年 3 月 29 日 韋韜致李廣德

李廣德同志：

您好！來信敬悉。

這幾年，有好幾位同志在撰寫茅公的傳記，但採取《茅盾的人生》這種形式的，尚未見到。目錄已看過，提不出意見，希望您成功。

提出的問題對我幫助很大，發現了抄錯漏，使我還來得及在單行本上糾正，現分別答覆如下：

①《中國的一日》選在五月二十一日，我以爲可根據孔另境的回憶。茅公的回憶大概是記錯了。

②四說是三月六日抵哈密，是手民誤植。

③「洋臺」應是「陽臺」，「斯沫特萊」就是「史⋯⋯」

④應是《文學創作》，《茅盾文集》8 卷後記上弄錯了，《當代文學》出版在後。

⑤「北方的佳樹」是最早的詩稿，後改爲「北方有佳樹」。回憶錄引的是最初的稿。

⑥應是「趙蘊如」。

⑦是「海景酒店」，殊明文章上是「灣景飯店」，但經核實，應是「海景酒店」。

⑧《雜談蘇聯》收入全集第 17 卷。

⑨《也算紀念》全集 13 卷漏收，後補入 17 卷。文章待找出後再寄上。

⑩悼念郭老的文章《化悲痛爲力量》將收入文論卷。（所有悼念作家的短文，都歸入文論）。

⑪13 卷的照片說明錯了，應是侄女。

您送的《茅盾研究》和《湖州師專學報》1986 年 2 期都收到了，《茅盾研究》不止一本，我的已轉送一本給了美籍華人陳幼石教授。

一年來您研究茅公的成果累累，向您祝賀！並望今年取得更大的成績。

草草即頌

文祺！

韋韜三月二十九日

2、1990 年 3 月 9 日 韋韜致李廣德

李廣德同志：

　　最近收到《湖州師專學報》去年第三期。拜讀了大作。從文章看你是作了大量的調查的，但使我十分奇怪的是：你大量引用了當事人的一方——秦德君的回憶，卻為什麼不來向當事人的另一方的最近的親屬——我來作一番調查呢？這是一種什麼心理在作祟呢？我不明白。

　　關於茅公與秦在日本有一段戀情，這沒有什麼可秘密的，茅公在《回憶錄》有意迴避，並不像現在的某些「研究家」所猜想的，什麼不願談「隱私」呀，不敢「觸動心靈的創傷」呀等等，現在有些作者就是以此種獵奇窺秘來創造「轟動效應」和「經濟效益」的，雖然也為自己這種行為戴上「深入探究」的花環。

　　茅公不願談這件事是由於秦在文革中對他的無端傷害而不想再提到她。

　　文革開始她突然來信要續舊情，未獲反應，又來信威脅要報復，以後就編造茅公是「叛徒」的謊言。

　　文革後的一九七八年，我們第一次看到了她的所謂「回憶」，是油印本，通篇惡毒的謾罵、造謠、誣衊，沒有一句是所謂「作出了充分的、高度的評價」的。這是在茅公撰寫回憶錄之前。

　　秦的回憶稿易稿幾次，最後拿出來在國外發表的，已經加上了美麗的花冠，甚至是「頌揚」的詞句，而刪掉了許多見不得人的徒能暴露其惡毒用心的詞句，這就是她向她的親人們反覆宣佈的，她寫進「回憶」裏的目的只一個——報復。

　　面對一篇為了報復的文章，首先應該是冷靜的分析，否則不啻是色盲。

　　譬如：30 年在上海分手。既然是她主動的，為何又自殺？當時她並未「識破」茅公「欺騙」了她呀。茅公告訴我是：給了她二千元，請她打掉孩子，和平分手。至於「自殺」，她究竟是因為「愛情」，還是因為「自尊」？我看主要是後者，因為像她這樣的女性是從來

不相信自己會在情場角逐中失敗的，這個面子丟得太大了，無臉再見人。以後躲到四川去，不再在十里洋場混，恐怕也與此有關。

又譬如：所謂「北歐女神」，所謂她使茅盾轉變了消極情緒等等。「北歐女神」是茅公在《從牯嶺到東京》一文的最後提到的，表示他已擺脫了一九二八年上半年的消極困惑情緒。此文寫於一九三八年七月十六日，也就是說，茅公剛抵達日本，就著手寫這篇萬言長文，顯然構思、醞釀還要早。而那時，茅公認識秦才幾天，怎能神速地就變成能左右茅盾的「北歐女神」？！

又譬如：《虹》的寫作，秦提供了一個模特兒，一些素材，充其量只是一個故事的框架，而人物是茅公創造的，是從他所熟悉的同類女性中概括提煉而來的，胡蘭畦他並不熟悉。把一個人提供了一篇小說的素材這件事無限誇大起來，成為能決定茅公所以「成其為現在的茅盾」的原因，這樣的論點不太怪嗎？不想多寫了，就此打住。

文革中有句口頭禪，叫「打著紅旗反紅旗」。這話現在不講了，但各個時代都不缺少這樣的人，如現在的自由化「精英」。所以，人們應該警惕呀！敬禮！

韋韜

三月十九日

3、1990年3月24日 李廣德致韋韜

韋韜同志：

您的來信收到了。首先，十分感謝您對拙作《茅盾與孔德沚、秦德君關係初探》的關心和所提出的寶貴意見！

茅公與秦德君的關係，過去一直籠罩著一層霧障，至今仍然模糊不清。這是不少研究者包括我在內很想探索、研究的。當然，研究這個問題難度很大，還要冒研究受挫和失敗的風險。但是既然存在著不清楚的問題，迴避不是辦法，正確的態度是積極而又慎重地進行研究。

您的信中對如何看待茅公與秦德君的關係，對如何認識秦德君的回憶錄《櫻蜃》，對如何研究茅公與秦德君及與《虹》創作的關係，都提出了非常重要的意見，是有事實、有分析、以理服人的。

我國和海外的茅盾研究學界都是很重視您對茅盾研究的意見，都很敬佩您為發展茅盾研究事業、推動我國社會主義文藝事業所做出的巨大貢獻。我從事茅盾研究以來，多次得到您的關懷、幫助和指教，是深銘於心，常懷感激的。

李廣德於 3 月 24 日

4、1990 年 3 月 30 日 韋韜致李廣德

廣德同志：

二十四日來信收到。

茅公不願談在日本那一段經歷，除了上封信中我講的原因（秦對他的誣陷使他憎惡這段回憶）外，還因為：（1）他認為這只是他六十年創作生涯中的一段小插曲；（2）他不想多談個人的私生活。作為他的親屬，我尊重他的意願，也贊成他的觀點。

然而前幾年的文藝小氣候，使得這段小插曲竟成了茅盾研究中不大不小的一個「熱點」。其中不乏想認真作一番探查的研究者，但也有抱著「獵奇」，製造「轟動效應」，以及所謂「挖掘人性的弱點」等等目的而去「研究」的人。在這種魚龍混雜的情形下，一個熱愛茅公的研究者就應該慎重，首先應該相信茅公（從他光輝的一生來建立這種信任），而面對秦的所謂「回憶錄」則要多打幾個問號，想一想為什麼她這樣寫，符合當時的實際嗎？其實秦的「回憶」矛盾百出（上封信我只舉了三例），只要不被她的「秘聞」性所迷惑，不難識破。

我不反對研究者們把茅公這段經歷作一番探究，但應該恰如其分，任何誇大都將適得其反——無意中做了秦誣陷茅的幫手，什麼：秦幫助茅盾轉變了政治上的消沉呀；秦對茅盾的創作起了巨大影響呀；這是茅盾貫串一生的「情結」呀，等等。

　　我不是一個「茅盾研究」者，我沒有參加茅盾研究學會，我也沒有寫過一篇研究茅盾的文章，我只是由於茅盾親屬的特殊地位捲入了茅盾研究的圈子。我也發表一些個人的看法，但主要限於史實的澄清。我這些意見只爲弄清一些事實，使研究者能從更多的角度來考慮問題。譬如茅盾與秦的這一段故事就可以擴而廣之，研究諸如：茅盾的婚姻與六十年的感情生活；茅盾的愛情觀；茅盾與秦合與分的原因；茅公的一生中秦留下了什麼痕迹；等等。此外，還要掂量茅盾的感情生活在其一生事業中所佔的分量，不能喧賓奪主。這些問題，從已發表的文章看，有的還沒有涉及，有的尚未深入，有的則在「自由化」思潮影響下正走向危險的彼岸。

　　我衷心的希望是：既要研究茅公的感情生活，就不要只著眼於秦德君，似乎只有她才結成了「情結」，這叫「一葉障目」；更不要爲她編造的「秘聞」所迷惑，而要進行歷史的分析、考察和推究；也不要相信時新的觀點，什麼「兩重人格」，「懺悔意識」等，而要從茅公是一個爲共產主義奮鬥一生的戰士這一基點來考慮問題。這樣就能突現出一個有血有肉的眞實的茅盾，而不會口說熱愛茅公，實際上卻在把茅公塗黑。

　　就寫這些罷，這兩封信的意見都僅供參考。

　　另有一感覺：「學報」的「茅盾專號」是目前僅見的茅盾研究刊物之一，這份努力可嘉！但作爲刊物主編，要注意掌握方向。貫徹「雙百」方針不是放任，而是要有引導、有選擇。其實在有階級鬥爭的社會內，沒有絕對的「創作自由」，「自由化」掌握的刊物就不允許有馬列觀點的文章發表的自由，我們辦刊物，當然也照此辦理，或者要發表，也要組織好批判的文章。這是意識形態領域的階級鬥爭！這話題一說就多了，反正你也明白，就不說了。

　　祝好！

韋韜三月三十日

5、1991 年 11 月 5 日 韋韜致李廣德

廣德同志：寄來的信、剪報、照片都收到了，謝謝！高利克的照片我設法轉交。

我也不信有什麼「秦派」、「茅派」，這是把學術研究庸俗化了。我提到「相信茅公」，是指對茅公的一生蓋棺論定後所產生的信任感，而不是迷信，也就是在原則性、關鍵性問題上對茅公言論可信性的肯定。茅公可能迴避他不願談的問題，但一旦直面該問題時，他從不編織謊言。這正是他與秦在品德上的根本區別。不注意這種區別，在研究工作中，就容易在秦的謊言迷陣中迷失方向。我在以前的信中，曾指出你發表在《湖州師專學報》1989 年第 3 期上的那篇文章是對秦的過份輕信，就是指的這個。當然，也有人並不僅僅限於輕信，而是有思想指導的。譬如有人熱衷於所謂「人物性格的二重組合」，硬要在英雄身上挖出個傷疤，正如魯迅所想：戰士戰死在疆場，而蒼蠅們都在戰士流血的傷口上嗡嗡不已。對於秦的回憶錄，我只信其一二而不信其八九，這個信念在我讀了《櫻蜃》和秦德君與沈衛威談話錄後更加堅定了。因為把這幾個材料一對照，再核對當時的實際，其編造的痕迹比比皆是。這只能說是一個患有復仇偏執狂的老婦人的囈語！隨便舉幾個例子。

關於「北歐女神」的神話已揭破，不用說了。

關於秦聽到楊賢江說茅公是「叛徒」，因而感到絕望而自殺並墮胎，顯然這已表示了絕情，為何到了四川後又苦苦地等候四年？又為什麼在等候了二年之後，就在上海的國民黨特務小報上寫文章罵茅公！而在這兩年中茅公並不是沒有給她寫信，按常情完全可以通過書信來談判的。這裡顯然編織了一個彌天大謊。據我瞭解，秦自殺是在茅公明確告訴她必須分手及墮胎之後，且她的自殺只是個要挾，因為自殺是茅公發現的，顯然她服藥時已算準了時間。但「自殺」也未能改變茅公與她分手的決心，她才只好回了四川。什麼「四年之約」茅公已親口否認，而且如真有四年之約，茅公見她自殺，還會那樣心硬嗎？並且如果真有四年之約，她又何必自殺和墮胎呢？茅公認為既然有過日本的一段情誼，分了手也不必成為仇敵，

所以仍舊與她通信，作一個朋友，這是正大光明的。秦與劉湘的參謀長結婚，秦顯然告訴了茅公，所以茅公才有介紹端木蕻良去四川找秦的想法。假如眞有所謂「四年之約」而現在又要毀約，茅公還會這樣做嗎？此外，「楊賢江說茅公是叛徒」也大可疑。楊與茅是老朋友，關係遠比秦密切，不會無端誣陷茅公的；且楊在日本是中共黨員，按理會知道中央給東京支部的關於可恢復茅公黨籍的信的。顯然秦編造這一情節，除了政治上的中傷，主要爲了說明自己的自殺不僅因爲茅公與夫人重歸於好，決心與她分手，才出此要挾手段；也爲了能吻合她編造的那套分手的原因和經過：即孔要求二千元離婚費，茅拿不出，才與秦商量了一個四年後再結合的辦法，並由秦親自促成了茅與孔的重歸於好（見《櫻蜃》中的詳細描寫）。但據我所知，秦回上海後，曾到我家吃過一次晚飯（我記得母親要我叫她秦先生），以後再未來過；而茅公則經常回家與母親會晤（我還見過他們在客廳中擁抱）；後來茅公決定與秦分手，就給了她二千元，讓她把胎兒打掉。這就證明：①不存在拿不出二千元的事；②不存在要秦來促成茅公與夫人和好的事；③不存在什麼「四年之約」的事；④所謂楊賢江講「叛徒」的事，也就十分可疑了。我認爲，只要對秦的爲人有所警惕，再對她寫的東西多打幾個問號，再加以分析和推理，就不難發現其編造的痕迹。

再如關於沈餘夫人的事，香港有人爲此事大做文章。其實沈餘夫人就是孔德沚，這在茅公的回憶錄上寫得明明白白。茅公寫這段回憶時，葉聖老還健在，以茅公的爲人怎麼可能當著老朋友的面說謊呢？而且魯迅是十分嚴謹的人，他當然知道茅公與夫人並未離婚，與秦只是同居，假如是茅公與秦去看他，他在日記上只能寫「沈余與某女士來」，決不會寫「沈餘夫人」的。由此，可推測秦是事後在魯迅日記上發現了這一記載，才編出那一套的，反正當事人都已去世，死無對證，她可以憑空亂說。

又譬如茅公與秦分手的時間，秦說是八月，其實是六月中旬（茅公《回憶錄》上說五月中旬搬家，應是六月中旬，有誤植）。茅公與秦分手後即搬回家中住，並即刻安排搬家，幾天後搬到靜安寺東面一個新建的弄堂裏。我記得很清楚，當時學期尚未結束，開始由姐

姐帶我每天去原來的尚書小學上學，來回坐電車，當時姐姐三年級，我一年級。不久就不讓我們去上學了，要在家裏。過了近二個月，我們又第二次搬家，搬到愚園路上的樹德里，不久母親便帶我們到附近的靜安寺小學報了名，那時學校尚未開學。由此推算，他們分手的時間不可能是八月份，而是六月中旬，也就是他們從日本回國後的兩個月。這個時間是合乎情理的，即茅公回國後很快就處理了與秦分手的糾紛，且辦得很乾脆。秦把時間拖成四個月，自然有她的用心。

夠了，不多說了。總之，細心推敲秦的文章，就能發現，編造的痕迹比比皆是。譬如她與穆濟波的婚戀與婚變，尤其所謂「失身」，大可懷疑；她與劉伯堅的合與分恐怕也隱瞞了或顛倒了最關鍵的情節；她對回四川後的活動諱莫如深，如她再次與穆濟波的糾葛，她的下嫁劉湘參謀長，以及她挖郭春濤家的牆腳，破壞別人的家庭等等。這樣一個人，在抗戰時期，靠著郭春濤的牌子和舊關係，居然混上了頂革命的帽子，真是天曉得。

一個鄙下的靈魂對一個高尚的靈魂的誣衊和中傷，本應引起公憤，然而卻有人輕信，甚至同情並幫助宣揚，這就太可悲了。我沒有責怪你的意思，因為當沒有掌握材料時，輕信是容易乘虛而入的，所以我在南京的座談會上提出了「相信茅公」這一條：在你沒有掌握足夠材料之前，請先相信茅公！我很高興你同意我這一條，但也還有人不同意，可見我們還要繼續做工作。

這封信寫得太長了，又想信筆寫來，難免有詞不達意之處。……

關於你的大作請上海文藝出版社再版事，我當然歡迎。但這事應該由你自己去辦，你作為作者，是完全有權利和義務提供這方面的信息和提出再版的要求的。出版社可權衡各方利益而作出決定。由我來提，就有強加予人、增加壓力之嫌，也許效果適得其反，所謂逆反心理。假如出版社領導是我的老朋友，還好說，老臉皮厚，不怕人笑；但現在上來的都是年青的陌生面孔，就不好辦了。其次，我也不能開先例，有此先例，萬一其他有茅盾專著的學者都來求我，我將如何應付？總之，請你原諒。

　　《部長夫人》很好，也是第一篇比較全面地介紹我母親的文章。至於「新鮮」材料，只要提出問題，我將盡可能提供。爲了茅盾研究而向我提出的詢問，我都樂意回答。

　　紙已盡，不寫了，再談。

祝

文安！

韋韜

1991 年十一月五日

關於茅盾研究與秦德君老人的通信

1983 年 3 月，我在北京參加首屆茅盾研究學術會議，認識了報告文學研究學者、四川文藝出版社編輯段百玲老師。1986 年 11 月，我出席在樂山舉行的郭沫若學術研討會之後，到成都拜訪她。當她得知我正在爲上海文藝出版社寫茅盾的長篇傳記，就告訴我秦德君老人現正在成都，我於是請她帶我於 11 月 22 日上午去拜訪了秦德君老人，第一次聽她說參加革命的經歷，尤其是與茅盾的關係。此後，就開始了與秦老的通信，多次向她請教茅盾與她一起亡命日本的經歷，以及她對茅盾研究的看法。回到湖州不久，秦老便把她寫好但尚未發表的回憶錄《櫻蠶》寄給我，希望在我主編的《湖州師專學報》或學報增刊《茅盾研究》上發表。但此事由於多種原因未能實現，她的《櫻蠶》由日本的文學研究刊物《野草》在國外先期刊出。而秦老在給我的信中，就她與茅盾的關係和茅盾研究中的一些問題的回覆，以及所發表的看法，卻是茅盾與她之間僅存的兩位當事人之一的寶貴資料。秦老逝世後，她女兒秦燕士（秋燕）還把她的《火鳳凰》寄贈我。而我手中的秦老的幾封談她與茅盾的信，卻未能在她生前發表。如今得以向學界公開，既可告慰在天的秦老，也有助於茅盾研究的深入探討。

1、1987 年 2 月 27 日 秦德君致李廣德

廣德同志賢弟：

手示及彩照均收到，謝甚！胡蘭畦和我的近照謹尊命奉寄，請查收！唯蘭畦仍住醫院，且時有重病發生，加之耳不聰、目不明，

恐暫時難以提筆。她既然向你說過她不認識茅盾，茅盾也不認識她，那就僅（盡）可把它擺出來，她不會否認的。

等到 1932 年吧？胡蘭畦跟宋慶齡一起回國，不但出了轟動一時的「德國女牢中」，並且又是宋慶齡的秘書，茅盾才求見過她。但到反右以後，胡蘭畦戴上了帽子，茅盾就表明他不認識胡蘭畦了。

至於陳學昭麼，那是 1928 年茅盾和我一路去日本以後，發表了「從牯嶺到東京」以後，第一個寫信給茅盾，說她要到日本來求見「北歐命運女神」，那時她對於我這個為茅盾所崇拜的「北歐命運女神」是仰天崇拜的啊！去年她在「隨筆」裏又放屁造謠污辱我，所以我置之不理。事實是事實，造謠就是造謠，是非自有公論。

我的回憶錄，原來是四川人民出版社派編輯倪進雲姊專程北京找我約稿，那時是 1980 年。稿從五四運動寫至審判四人幫。當時因為茅盾一節，她勸我省去，因我不同意所以退稿。

我的原稿是「三部曲」，一、「女囚」。寫我的一生從「五四」做學生代表到審判四人幫的一些經歷，主要是寫國民黨與共產黨兩個監獄對待犯人的對比，也等於我的供詞。二、「暮雲深」。專寫我和劉伯堅的一些經歷。三、「櫻蜃」。專寫我和茅盾去日本的一段經歷。

現在四川人民出版社「龍門陣」編輯室崔顯昌來要去，計劃在「龍門陣」連載。今年第一期已刊出我的「暮雲深」，我郵送你一本玩玩唄。老崔說：「櫻蜃」是最寶貴的史料，他們要稍待日時，出版界的有識之士先放第一炮，他們就跟上來，因而他們下期擬出「女囚」。

我現在手裏的「櫻蜃」原手稿，寄給你參閱後，不管你怎樣使用，但原稿務必寄還給我。我用「櫻蜃」二字，乃取之蘇東坡的「海蜃」。有何見教，亦請函示。蘇東坡寫的是「海市蜃樓」，我寫的是櫻花樹下的海誓山盟。

請此祝撰安！盼多賜教益，小照兩張照寄。

1987.2.27 秦德君

我還有些手稿，被人借去未還，現有的都在「龍門陣」編輯室。

2、1987 年 3 月 20 日 秦德君兒媳郭月春致李廣德

李老師：

　　你好！三月九日的信收閱，媽媽近日赴京參加全國政協會議，委託我給你寄一封信，屆時她老人家再詳函告。

　　隨信寄去「龍門陣」一本，請查收。「櫻蜃」原稿被「四川日報」編輯孫念忠同志借閱，前日才取回，待複印好後定速寄給你。

　　稚駒昨日陪媽媽到川醫探望胡蘭畦阿姨，她還好，近日即可出院。

　　就簡單寫這些，謝謝你對媽媽的關懷。

　　媽媽本月 22 日隨省政協委員乘車赴京。

　　祝

萬事如意，闔家幸福

秦老兒媳　郭月春敬上

3、1990 年 4 月 2 日 秦德君致李廣德

廣德同志：你好！

　　我從美國回來參加全國政協會議，一進門就收到你 90.3.25 手示，「一代文豪：茅盾的一生」未收到，湖州師專學報收到，關於「茅盾與孔德沚、秦德君關係初探」在湖州師專學報的「茅盾研究專號」已拜讀過，我和學術界、茅盾研究界的反映是一樣的認為很好！很有價值，打開了研究之門，就不操心是非扯不清了。實事求是嘛！在當時文藝界的先知先覺者，頗不乏知人之士，當大革命遭受摧折，受苦受難的關頭，頂不住，打退堂鼓的，開小差的，大有人在，豈特一個文弱書生如茅盾而已哉！！！人非完人，孰能無過，過而能改，善莫大焉！但願我親愛的茅盾大師，勉為其難，有厚望焉！

　　祝

撰安

1990 年四月二號　秦德君再拜

4、1991 年 10 月 23 日 秦德君致李廣德

廣德同志：

　　來件通通收到，所囑均一一向女兒秋燕說明，她已經記錄下來，只因我近日重病，尚未抄錄、寄來。一待我病初愈，就會詳情寄上，以慰遠懷。我很感激你的公正為懷！

祝

教安

　　　　　　　　　　　　　　1991 年 10 月 23 日秦德君親筆再拜

　　　　　　　　　　　　　　付上小照一張笑納

　　　　　　　　　　　　即使我死了，問題也必須扯清楚。又及

5、1991 年 10 月 26 日 秦德君致李廣德

李廣德先生，您好！

　　寄來「茅盾學論稿」收到，謝謝！

　　關於大作《茅盾與孔德沚、秦德君關係初探》一文的通信（摘錄），說明你有一位你很熟悉的長者，你考慮到他信中所談的一些內容十分重要，極有價值，故將其姓名隱去。

　　請問，既然是十分重要，極有價值供學術界人士參考、研究，又何必隱姓埋名呢？明眼人一看就會知道這個隱君子，就是那個對於研究茅盾和我的往事研究沒有發言權的「妄人」，狂妄之極也。

　　還有 1990 年 3 月 9 日來信（摘錄）：「文革」開始她突然來信要續舊情，未獲反應，又來信威脅要報復，以後就編造茅公是「叛徒」的謊言。

　　請問，兩個來信在那裡？！拿出來！不可以糊說！

　　我沒有油印過「回憶」，簡直是無中生有的瞎說，拿出證據來！

　　李先生，希望你實事求是的搞研究學問，弄清一些歷史問題。弄清是非，要核對事實。不可以是是非非，捕風捉影以迷惑眾人。

尚肅即致

文安，盼常賜教益，切勿虛構，以假亂眞，如頌爲祝！

　　　1991 年 10 月 26 日，秦德君於北京復外大街 22 號樓 5 門 21 號

　　　　　　　大病新愈，提筆不易，語勿倫次希諒！　又

6、1991 年 10 月 31 日 李廣德致秦德君

尊敬的秦老：

　　您好！打擾您了，請多原諒。

　　10 月 26 日大函今日奉悉。您對我誤解了！拙著《茅盾學論稿》附錄的兩信，是韋韜給我的，現將複印件（全文）寄上，請您讀後即可明鑒我用心之良苦。我在前日給您寄上一信，並談了南京會議的情形，信中提八個問題，希望您能一一給我回答，我將盡可能予以發表。至於韋韜給我的兩封信，希望您對涉及您及史實有錯誤的部分，能給予駁斥，研究者將會以科學的態度，進行實事求是的研究，並予以正確的評判的。

　　南京會議，沈衛威因種種複雜原因而未能與會，我雖與會，也因被視爲「秦德君派」而爲人注目。您信中說：「希望您實事求是的搞研究學問，弄清一些歷史問題。」我將努力照此去做。爲此懇切希望您能向我提供第一手材料，以供研究，以正視聽。

敬頌

健康、長壽！

　　　　　　　　　　　　　　　　　　　　晚學李廣德頓首

　　　　　　　　　　　　　　　　　　　　1991.10.31

7、1991 年 10 月 28 日 李廣德致秦德君

尊敬的秦老：

　　您好！疏於問安，請多原諒。

　　今年 8 月，香港正之出版社出版了拙著《茅盾學論稿》。前些時，

已掛號給您郵上一本，諒已收到。書中收進了《關於茅盾與孔德沚、秦德君關係初探》一文，並附錄了四封關於此文的通信，其第一、三封信（摘錄）是韋韜寫給我的，第四封是您的。請指正。

10月6日至11日於南京大學舉行「茅盾研究國際學術討論會」期間，拙著已提交給與會的中外學者。大家在會議的小組討論和會下交談中，都議到了拙著中關於茅盾與您的關係的文章及附錄，也都議到了《許昌師專學報》發表的您與沈衛威的對話錄，表現了希望深入研究的興趣。

10月7日晚，會議安排了一個座談會，請錢青、黃源、韋韜介紹當時茅盾與您的情況。他們在發言中談的一些內容涉及到您的回憶錄《櫻蜃》、沈衛威的《秦德君對話錄》中的某些史實的真實性。爲此，我想請您能進一步說明一下。現將我的問題請教於下：

一、錢青先生說，茅盾到日本後學日語、寫文章，很忙的。哪裏有時間陪秦德君玩？秦德君寫茅盾整天陪她，根本不可能。請問：您寫的是真實情況，還是她說的對？

二、錢青先生說，茅盾與您在日本時，她曾與同學去看你們。茅盾爲她們炒菜，他炒的牛肉絲既鮮又嫩，味美可口。記得我1986年11月22日在成都訪問您提到此問題時，您一聽就說：「胡說，他會炒個屁！只知道飯來張口，衣來伸手，都是我煮飯做菜給他吃的。」茅盾真的不會炒牛肉絲嗎？也許錢青先生記錯了，她們吃的是您炒的牛肉絲。是這樣嗎？

三、錢青先生在會上提交給代表的《茅盾流亡生活中的一段插曲》一文中說：陳瑜清告訴她，「有人說他朝朝暮暮往女生宿舍跑，還說他和一個女人常在電影院裏廝混。我知道茅盾是一位謹言慎行的高尚之士，絕不會如此輕薄。」另一位當時在東京的王君說：「是那女人追求茅盾，追得很緊，很熱情，很瘋狂，他們後來到京都去同居了。」請問：當時是您主動，還是茅盾主動？即：誰追誰？因爲錢青先生轉述吳庶五給吳曙天的信說「茅盾與同來日本的一位女士突然離開東京，不知去了何處，連我也不知道他們的去向。茅盾恐將中『美人計』，也許是落入『魔掌』。」似把您說成是在使美人

計而使茅盾落入您的魔掌。這是否是眞實情況呢？

　　四、錢青先生在會上說：有幾次，我們一同去嵐山玩。嵐山風景很美麗。茅盾、秦德君、楊賢江等人都去的。那裡山不高，旁邊有水，水裏好划船。秦的文章說到嵐山玩時坐上山電纜，但嵐山山不高，是沒有電纜的，那是她造的，可見她對茅盾的歪曲。還有，從神户到東京，那時坐火車要一天，秦的文章說是二小時，這是現在的情形，可見也不符合事實。您能否就此說明一下：到嵐山遊玩，您與茅盾是否眞的坐「上山電車」（您在《櫻蠹》中用這個詞語）？

　　五、錢青先生的文章中說：茅盾與您回國後，孔德沚常給茅盾送家鄉菜肴、絲棉衣被……，因而「秦德君見狀，怒火中燒，日夜吵鬧，致使茅盾坐立不安。她甚至閉門自殺，茅盾急得破窗而入，急急救援。兩相對比，茅盾感到露水夫妻，不能久遠，茅盾要秦德君兩次墮胎，這就說明了茅盾對秦德君的情義與態度了。茅盾給胡風的信上稱秦德君爲『暴君』，也是因這種感受而發出的憤怒之聲吧！」請您對這裡的事情眞相能談一談。

　　六、關於茅盾與您分手。錢青先生說，姚韻漪告訴她：「茅盾與秦感情破裂，只得二人協商分手。秦德君回四川，約定茅盾到碼頭送行。但到了秦啓程之日，茅盾未去。茅盾請人攜一筆錢款贈送，因爲當時蔣介石的通緝令未解除，茅盾恐遭不測，另一原因，茅盾曾說，這也表示了與秦決裂的決心。」所以，不是秦德君所寫的「四年之約」。這裡所講的，兩者相差極大。請問：怎樣是眞正的事實？

　　七、韋韜同志在會上談到：茅公對杯水主義的女性是討厭的，這可從他的作品中看出來。可是爲什麼碰到秦德君又會在一起呢？茅公也有他的弱點。客觀上是政治思想上的苦悶，在日本又孤單單的一個人。他是被魔鬼誘惑，後來又清醒的。他理性地認識到兩人的關係不會長久，所以秦懷第一個孩子叫她打掉，懷第二個不知道，知道了就叫打掉，後來就擺脫掉了秦。78年，茅公看到秦的回憶錄（手稿）後對我說：她說我想投靠蔣介石，這完全不可能；如說我想找汪淸衛，倒是有可能。因爲汪曾是我的朋友……；邵力子是我的老朋友，說我想去找他，有可能。茅公又說：她懷了孕，我叫她

打掉了。她這個人可共享福，不可共患難。至於什麼四年之約，既然決定斷了，還有什麼四年之約？韋韜同志又說，茅公寫回憶錄不願寫秦，是因為秦在「文革」時曾威脅茅盾並寫信「揭發」茅盾是「叛徒」，這完全是捏造、報復。請問：您對韋韜所述茅盾的話有怎樣的看法？

八、會上，丁爾綱研究員讀了 1928 年 10 月 9 日中共中央給東京市委的一封信，其中第四點為：沈雁冰過去是一同志，如他現在表現好，允其恢復黨籍。（大意）原件存中央檔案館。此信證明茅盾不是您文章所說的「是個被開除黨籍的叛徒」。如果這樣，楊賢江、郭彤先後對您所說的均是錯誤的，而您在文章中引用也就成了對茅盾的誹謗、中傷。對此您又作何說明呢？

秦老，我十分尊敬和欽佩您一生的革命經歷和對人民解放事業所作出的偉大貢獻。在茅盾研究工作中，您也不斷提供自己所知道的史實，大力支持人們研究茅盾在日本時的思想、創作和生活，中外茅盾研究學者都很感激您。正如您 1990 年 4 月 2 日給我的信中所指出的：「打開了研究之門，就不操心是非扯不清了，實事求是嘛！」所以，盼您在身體健康情況和心情都好的時候，能就我提的問題覆我一信。如有近照能賜寄一幀，我當永遠珍藏。先謝謝您！

天氣已臻寒冬，盼多保重，珍攝。

敬頌
安樂、長壽！

李廣德敬上
1991.10.28

因考慮到您老冬天可能不在北京，故此信複印件同時寄成都郭稚駒轉。附上名片供聯繫。又及

8、1991 年 11 月 2 日　秦德君致李廣德

廣德同志，你好！

收到「茅盾學論稿」閱讀後當即回了信。今天又收到 10 月 28

日來件裏，關於錢青的胡說，都看見了。她和陳學昭都是長舌婦，可能是茅盾的稿費和版稅在作怪，本應一一駁斥，只是由於我今春病「腦血栓」後，精神大不如前，對於研究茅盾的史實作出徹底的研究，目前力不能當，思前想後，還是由你抽空來和我當面談個清楚，務必！談好了，我簽字，我的兒女秦燕士作證明，火速飛快的來呀！別等我已停止呼吸了，你們仍然繼續道聽途說，瞎說一些，你們研究者居然當作聖旨來頌揚。

我們在京都出遊的有楊賢江夫婦，高爾松、伯兄弟夫婦，漆湘衡夫婦，周憲文夫婦。出遊之地很多，只在奈良公園看見過錢青一次，她沒有到我家作過客，在楊賢江家也沒有看見過她，她那時在奈良女子師範學校學習。為什麼她扯出那許多把子出來傷害我，很像她就是我和茅盾之間的第三者。對於研究我和茅盾的往事，韋韜沒有發言權。……陳學昭和錢青都未必是茅盾與我之間的當事人，況且我還不認識她倆！好！等待你來了，再作詳談吧！祝撰安！

1991 年 11 月 2 日秦德君拜

9、1991 年 11 月 11 日 秦德君致李廣德

廣德同志：你好！

信收到，謝謝你寄給我一些買不到的非言非語資料，以開茅塞。我和茅盾的一段往事，在《櫻蜃》裏說得明明白白的。然為何到了今天，忽然冒出一個什麼「錢青」的出來打醋罐子呢？

你們對於研究茅盾的生平，是什麼人主持？為什麼找一個不相干的「長舌婦」錢青，她不是我和茅盾之間的第三者，為什麼容許她插進來興風作浪「醋海風波」呢？

請將我寫的《櫻蜃》公佈出來，由大眾出來公平論斷！！！

我已是八十七歲高齡，在「文革」開始，就被送進「秦城監獄」達八年之久，斷了右腿骨，今年春間病「腦血栓」後，左腿也不能行動了，精神更不如前了，負擔不起醋罐子的壓炸！

我們在西京高原町的一群流浪者，沒有跟錢青出遊過，只是我

們遊奈良時，看見有個中國女人，茅盾說她叫做「錢青」，浙江人，在奈良女子師範學校讀書。

我們住在一起又同遊的高爾松、高爾柏、齊湘衡等，全國解放後，都在上海復旦大學任教，你們可以去找他們出來作證人。

紙短話長，不盡欲言！

1991 年 11 月 11 日秦德君

10、1991 年 12 月 17 日　秦德君致李廣德

廣德同志：你好！

我這次病很重，病的是腦血栓，所以恢復得慢。

你們研究茅盾問題，是怎麼搞起來的？有哪些人參加？參加者有什麼目的？

錢青爲何許人也？我不知道她，我絕不同她對話，談及我的終身問題，只要你們都是端正的文人（治書人），否則，沒資格參加討論或研究！你們要把舊禮教來謀殺我這無罪之人，就請不要東拉西扯，困亂人意。

1991 年 12 月 17 日秦德君拜

11、1991 年 12 月 20 日　秦德君致李廣德

廣德同志：你好！

你們研究茅盾問題，從何作起點？是些什麼人發起的？主持人是誰？什麼人參加？地點在何處？什麼人召集，研究的目的爲何？

研究茅盾問題，沈夢韋（韋韜）本沒有發言權！錢青是個不相干的局外人，爲什麼還來演主角？我不知道她，也不認識她，她吹牛說她到過我的家。我想來想去，想不起她是個高的？短的？肥的？瘦的？

我們流浪在京都高原町的一夥人裏，沒有過錢青這樣鄙婦！爲

然何忽從天降一個魔鬼出來繞亂我們？！

廣德先生！你既然熱中於人間的不平事，那就請你高攡貴手，抓出幾個眞有學問，有道德，有品格的好人出來，認眞研究出一個結果出來，作爲天下師表！爲什麼你偏要跟那個對於研究茅盾與我的問題，沒有發言權的不肖之子沈夢葦（葦韜）出來當元帥來號召一些無聊的文人，都 X 茅盾辛苦一輩子的稿費與版稅來作威作虎，打死我這樣一個爲黨的事業而上過國民黨的斷頭臺的人兒，你們就算勝利了麼？請回答！

1991 年 12 月 20 日，秦德君於重病之中

12、1991 年 12 月 24 日 李廣德致秦德君

尊敬的秦老：

您好！

12 月 17 日、20 日兩信均收讀。得知您重病，甚爲不安，望多多保重！

我們從事茅盾研究的人，是尊重事實、實事求是的。雖然茅盾在其回憶錄中迴避了他與您的關係，但是：邵伯周教授的《茅盾評傳》中寫了此事；拙作《一代文豪：茅盾的一生》也寫了您與茅盾亡命日本期間的生活；沈衛威寫了您與他的對話錄。茅盾研究學界的大多數人是主持公道的。我認爲，您不應該責備茅盾學界的研究者，而應該幫助大家，實事求是，得出符合實際的結論。

爲此，我在南京會議之後，給您寫信，提出幾個問題，希望您能回答我。您後來給我的信中也同意，由您口述，讓您女兒筆錄，簽上名寄給我。但是我迄今未見您寄來。不知何故，如係身體有病，則可待病癒再說。我並不急需。

請恕我直言，您 12 月 17 日和 20 日給我的兩封信，是欠冷靜的，也是不理智的，可能是您心情不好，加上患病之故。但是，這卻不能促進研究工作的深入。我以爲，您不應該罵葦韜同志和錢青同志，借用魯迅的話：「辱罵和恐嚇絕不是戰鬥」。您有事實，請擺事實；

您有道理，就請講道理。這不是黨一貫要求我們的嗎？

我們尊重您爲革命作出的貢獻，尊敬您爲茅盾提供《虹》的素材並給予他生活上的幫助，最近中央電視臺播出封筱梅改編的茅盾小説《虹》，也可説明問題。然而，研究者更服從眞理、尊重科學。還是請您向我們提供第一手眞實的材料，讓我們後來人去研究吧！

以上所寫，是由您的兩封信引發的一些看法，可能言辭過於尖鋭或有許多不當之處，盼能批評和原諒。

匆此即祝

早日痊癒！健康長壽！

李廣德上

1991.12.24 夜

中國茅盾研究學會是經黨中央批准於 1983 年 3 月在北京成立的，掛靠在中國作家協會，辦公處在：北京交道口後圓恩寺 13 號。順告。

又，韋韜同志並沒有干涉人們的茅盾研究工作。相反，他也在向大家提供人們想知道的材料，以供研究。

13、1992 年 1 月 4 日 秦德君致李廣德

廣德同志：你好！

10 月 28 日來信早已收到，關於你提出的問題，答覆如下：

首先，我認爲研究問題的方法應該端正，我不同意用弗洛伊德的觀點來研究歷史和人物，我也不同意用封建主義、唯心主義的觀點來研究這一段歷史和我與茅盾的關係，正確的方法應該是用馬克思主義，也就用歷史唯物主義的方法來研究它，實事求是。我和茅盾去日本的歷史背景大的方面是相同的，就是革命正處於低潮時期，1928 年底可以説是最低谷的一段，黨的組織被打散，而蘇區又尚未建立。而我和茅盾的具體情況又不同，茅盾當時已經不是共產黨員，不管是他是主動的還是被動的脱黨，他自己知道他已離開了

黨組織（這一點他自己始終沒告訴我。）而且，他當時正由於他的三部曲《追求》、《動搖》、《幻滅》受到批判，他去日本是為了逃避，政治上是消沉的。而我當時正從轟轟烈烈的西北戰場上，由組織撤退到武漢，因汪精衛叛變，武漢大亂，被沖散了組織關係。我正在積極的尋找組織關係。我從武漢經南昌到南京轉上海都是這一目的。我已準備好路費，本欲去蘇聯，在上海經陳望道指點，他說去蘇聯難，去日本容易且日本也有中國共產黨的組織，他的妻子（應該說是前妻）吳虹弗又名吳庶五在日本，可以在生活上給我安排。因此，才與茅盾同行東渡，我當時在政治上是積極向上、朝氣蓬勃的。這就是我和茅盾相逢、相愛、相離、恩恩怨怨以及茅盾迴避我們這一段歷史、這種行為的歷史背景和歷史的原因。

我本來是按歷史程序詳細的回答了你所提出的問題，由於我生了重病，至今未康復，抄錄起來頗費時日，現在就按你的意見，依你提出的問題程序，簡要的來回覆。

其次，錢青這個人我不認識她，她是高是矮，是肥是瘦？我沒印象。他說經常到我家來是瞎說，她可知道我家窗從那邊開？門從那進？廚房在何處？廁所在那裡？至於共同出遊則更無此事。不過我們在遊奈良公園時，遠遠看見過一群人，茅盾說過其中一個是錢青，奈良女子師範學校的學生，是浙江老鄉。奈良根本沒有什麼女子大學。

（一）我和茅盾一起從上海到日本，坐的是一條小貨輪。通常從長崎到上海有兩隻大客輪，一叫《長崎丸》，但茅盾沒有買大客輪的票，（因為票是他買的，也是他到陳望道家中來接我上的船。）這條船上只有在船頭有一個房間是裝客人的，一共只有10來個鋪位，除了我和茅盾兩人是中國人外，其餘都是日本人。在船上兩天，他和我談了很多話，茅盾很愛說話，也很能說話，從他文章受批判到他家庭生活不美滿。我也略為講了一點我的經歷，但他談得多，我談得少，主要是我聽、他講。所以一路同行到東京時，我們已經是較熟悉的朋友了。

到了東京我們一同先去找吳庶五。吳收到陳望道的信，已在她

所住的北山御佃町的中華女生宿舍爲我預訂了一間三鋪席的房間。吳未料到茅盾和我一同去，就在中華女生宿舍附近的本鄉館爲他找了一個房間住下，茅盾在東京一直住在哪裏。

我們到東京後，先是吳招待我和茅盾在東京各地遊覽了幾天，幾天後我就上了東亞預備學校學日文。我原是想在日本找到關係後去蘇聯，如果去不成也把日文過了關，爭取庚子賠款（每月 70 日元）助學金，生活也不成問題，再從長計議。東亞預備學校教日文的老師叫松本，日文教得很好，本可以達到我的目的，卻因茅盾的干擾，這一目的就沒有實現。因爲茅盾每天早上在宿舍門口等我，爲我提書包送我去上學，中午下課後他也在學校門口等我，我們一路去吃中飯，吃完飯茅盾一般就約我陪他去看一場電影，我並不愛看電影，因爲那些電影都是英文字幕，茅盾懂英文他一面看一面與我解釋、翻譯。看完電影他就送我回宿舍，也是送到門口就回去了，他是有意避開吳庶五。後來日本天皇登基，把全世界的玩意兒都邀請到日本，熱鬧非常，茅盾就拖著我狂玩了好多天，茅盾對什麼都感興趣，有幾個項目還看第二遍，我則不是對每項都感興趣，每逢這種情況，茅盾總是抓住我的手不放，硬要我陪他玩到底。所以確切的說，當時是茅盾硬拖著我陪他玩，而不是像有些人或這位八杆子打不著的錢青所說是「茅盾整天陪我玩」。是我在學日文，而不是茅盾在學日文。茅盾英文很好，在日本懂英語就可以了，至於日常生活用語只要住下來幾天，不用多久就可以學會的。

茅盾在東京也寫了一些文章，他那時寫的文章一般都先把構思告訴我，寫好後又給我看，這也是我們的談話內容。至於茅盾是如何安排他的時間，而且他去遊玩總是邀我同去，而居然不去向錢青彙報，或向別的什麼人請示那我就不得而知了。總之，茅盾在東京是天天來找我，邀我陪他玩這是事實，而不是可能或不可能，我想茅盾天天來看我，一同遊玩而沒讓別人知道，也不是什麼難於理解的事。茅盾寫《從牯嶺到東京》這篇劃時代的文章時，是在他住的「本香館」的住房裏的地板上，把我抱在他懷裏，邊說邊寫出來的。

要是當初茅盾不失約，實行四年完成《虹》的後半部，到了今

天，比《子夜》就高大得多了啊！那才眞正算個「文學巨將」咧！梅行素現仍活著，長期在成都住醫院而且耳聾眼瞎了，哀哉。

（二）關於錢青吃牛肉絲。我不敢說錢先生一輩子沒吃過牛肉絲，但我卻敢說她這一生決沒有吃過茅盾或我給她炒的牛肉絲。我們在京都都住在高原町，這是個貧民區，屋子很簡陋，沒有專門的廚房，是在一進門的過道做飯。用的是一個小電爐，鍋也不大。稍有烹調知識的人都會知道，炒牛肉絲一定要油多火大，而這種小電爐和小鍋是炒不熟牛肉絲的，更炒不出「很鮮很嫩」的牛肉絲。

而且我和茅盾是和高爾松、高爾柏夫婦共同開伙，一直是集體吃飯。高爾柏夫人叫唐潤英，她和我共同去買食品，她負責洗菜切菜，我掌勺下鍋。我們從不留客人吃飯，因爲我們集體伙食成員已有五人，沒有力量和條件招待客人，偶爾有鄰居漆湘衡、和高喬平在我家吃一頓，因爲他們二人輪流來教我日文，晚了就一起吃。除他二人外無人在我家吃過飯。

男人們從來不下廚。至於茅則更不會到廚房，他一向是衣來伸手飯來張口，連燒牛奶、熱牛肉汁（茅盾身體不好，經常吃成品牛肉汁。）都是我替他弄好。錢青不知在那裡吃了牛肉絲，卻端到我家來，其目的不外是謊稱他和我們很熟，以便造謠攻擊而已。

（三）關於第三個問題的前部分，我在前面已說明，茅盾這位「高尚之士」的確天天往我那兒跑，而且是經常一起看電影（請注意：並非我天天往他的本鄉館跑）。茅盾不告訴陳先生，我不能負責。至於到底誰追誰，我們在東京的情況已經可以說明茅盾是主動接近我。

我們在東京呆的時間沒有多長，究竟是幾個月我已記不清了。由於我累次提到想到蘇聯，茅盾表示願意和我同去。好像是28年秋天，天已轉涼，已是要穿夾衣的時候，茅盾提出我們一起去西京（即京都）找楊賢江，通過楊賢江接組織關係到蘇聯去。楊賢江和茅盾很熟，楊賢江這個人和我也很熟，1921年在北京開少年中國學會他出席了的，那時我隨李大釗在北京見過他。後來他和鄧中夏、鄆代英等到四川去演講，我們也見過，知道他是管組織的。因此，我相

信了茅盾，就一起去了京都。去以前我們沒告訴任何人，當然也沒告訴吳庶五，原本說好找到楊賢江接上關係再回來收拾東西去蘇聯。所以我去京都時，我住的宿舍東西都沒清理，房子也沒退，更未帶行李，是準備立即回來的。走時茅盾給我四川老家母親去了一封信，說我們一起去蘇聯了。

我們一到京都，楊賢江和夫人姚韻漪就在站臺上接我們，直接接到他們家裏去了，可見茅盾是事先通知了楊賢江的。楊賢江家是一樓一底的二層樓房，有一個小孩，還雇了一個下女。到了楊家，茅盾和楊賢江就單獨談了一陣，姚女士陪我。接著茅盾就病了，頭疼、肚子疼、胃疼，到後來牙也疼，眼睛也不好了。我當然很著急，忙著照顧他，楊賢江就把樓上的一間房間讓給茅盾，就這樣我們同居了，由朋友轉變成愛人。其實，就在楊賢江家的附近，高原町有一排可住七家的房子，住著幾位紅色青年，除了第七號住的是一家日本人外，其他都是中國人，這批紅色青年有高爾松、高爾柏兄弟夫婦、周憲文夫婦、漆湘衡夫婦。他們都是以寫文稿爲生，非常歡迎茅盾和他們住在一起，因爲經茅盾介紹出去的文稿，可以預付稿費，而且稿費還可以高一點。他們早和茅盾聯繫好了，把第四號房留給了茅盾，我和茅盾在楊賢江家住了幾天，就搬到了他們高原町第四號房去住下了，這時已由孔德沚提出離婚條件，茅盾簽字，業已離婚了。由此，我也再沒有回東京，學也上不成了，也就沒有去得成蘇聯。茅盾是把我騙到京都去的，當然，我們在東京相處了幾月，他對我如此推心置腹，關心備至，人非草木孰能無情，並非我對他沒有感情，但我並未想到要和茅盾在日本同居，我是一心一意想到蘇聯去，而且我也沒打算離開東京住到西京去。因爲我在東京還有我的學校，我的朋友。當時楊虎誠夫婦也在東京，楊夫人謝葆貞是我的學生，還是我的通訊員，他們結婚是我主的婚，楊願意出資助我去德國。而西京（即京都）住的全是茅盾的朋友，除楊賢江認識以外，我一個熟人也沒有。所以從事實來看，這一切都是茅盾採取主動。

吳庶五說我們突然離開東京這是事實，從當時情況吳說不知去向也是可能的。但我和茅盾並未隱居，而是在京都公開同居，這一

段生活，對我們雙方都是幸福的，都覺得很美滿。我們同居以前，由孔德沚提出了條件，茅盾簽字離了婚的。他寫稿、我抄稿，他還教我寫了一些稿，請了他的兩位朋友漆湘衡、高喬平兩人來教我的日文，我們一起寫了長篇小說《虹》的上半部。從我們相聚的這一段時期來看，茅盾情緒上是飽滿的，政治上從消極轉變為積極，創作上有了新的突破，精神狀態發生了根本轉變，請問茅盾落入了什麼「魔掌」？而誰又在施「美人計」？所謂計謀，一般是有動機，通過「美人」來達到一種政治上或別的什麼目的。何況我不相信吳庶五會說這種話，吳被陳望道遺棄很苦悶，她還把陳望道的像片掛在床頭，我很同情她，我和吳的關係不錯，我在東京有名有姓，有的是我的本名秦德君，上學也是用的本名。吳這個人很爽朗，她不會用「一位女士」之類的隱晦的字眼來說我，也不會轉著彎的來罵人。

事實是茅盾整個的導演了這一次西京之行。

（四）關於嵐山有無電纜？這要問日本朋友。我們不但坐過「上山電車」，而且還不止坐過一二次，還坐過高空電車，就是兩個山頭之間往返的那種。電纜車廂比較大，有點像公共汽車和電車那麼大，能裝很多人。我不排除小地名也許記錯了，也許不在嵐山，而是在京都或別的什麼遊玩的地方，事隔幾十年，不可能一點錯誤都沒有。但是茅盾在高空電車上和我說的話我不會忘記，這種話是會給人留下刻骨銘心的印象的，我和茅盾之間的私情和私房話，錢青怎麼能知道？還有從神戶到東京電車到底幾小時，這種雞毛蒜皮能說明什麼問題？我記得的是兩小時，反正沒有多久。這就能證明我和茅盾之間就沒有戀愛？沒有結合？火車只要是同類型，幾十年速度也不會變。

我們這一群人經常集體出遊，凡收到稿費都要出去玩一次。由於稿子一般都是由茅盾的手同時寄出，所以稿費一般也是同時寄到，出去遊玩都是臨時動議，即興提出。根本不可能去約錢青同遊，錢青沒有和我們這一群一起出去遊玩過，如前所述，有一次在遊奈良公園時，遠遠有一群人中有一中國女子，茅盾說那個中國女人叫

錢青，是浙江同鄉，以後我也沒再見過她，茅盾沒有給我們相互介紹，我對他毫無印象。

（五）（六）（七）

由於這幾個問題是前後重複互相牽連，我想放在一起來回答。

我和茅盾同居期間是打掉了兩孩子，這主要是因為窮，沒有這個經濟力量。我們在京都的生活是很清貧的。茅盾身無分文，我積蓄有一點去蘇聯的路費，主要靠賣文稿為生。而且我也很累，要做飯、採購、照顧那個毫無生活能力的茅盾。還要抄稿、寫稿、學日文、搞翻譯，主客觀都不具備養孩子的條件，所以我同意去打掉。如果是像今天韋韜他們所說，這個茅盾由於是不想和我長期相處，只是逢場作戲，一方面和一個女人有了小孩，一方面又強迫她，或叫她去打掉。無論茅盾當時有多少苦悶，無論對方是一個什麼樣的女人，這個男人都是一個很卑鄙的玩弄女性的流氓，我認為這才真正影響了茅盾的「光輝形象」。要知道我是在茅盾最困難、最窮困時和他在一起的，說起來我還是夠勇敢的。

我和茅盾的分手，也主要是因為窮。我和茅盾秘密離開京都回到上海，大約是在 1930 年 4 月初，我們先在一個小旅館中住了三天，房間很陰暗潮濕。三天後就搬到楊賢江家中的三樓上去住，我們在楊賢江家搭伙，楊的岳母為他做飯。這也是一間較破舊的房子，房間不算大，借了一張歪歪裂裂的床，兩張骯髒邋遢的舊書桌，兩張東倒西歪的椅子，生活十分艱苦。一開始還平靜，我們在上海是公開的，正式的住在一起，我們一回上海就去拜見了魯迅，同一天還拜見了茅盾的母親，去出席過在鄭振鐸家的商務印書館的同仁會，去看過茅盾的盧表叔……等，無論去那裡，我們都是同進同出，形影不離。我們兩個人一起參加了左聯，茅盾還寫了我的名字（王芳，是我後來在日本用的名），去聯繫組織生活（當然是沒有下文）。這一段生活茅盾在寫稿子，我在搞翻譯（日翻中），我已經翻了兩萬多字了。記不得過了多久，孔德沚就上門吵鬧，送什麼小菜和絲棉衣被，我們早過了陽春三月才回的上海，四月的上海天氣早就熱了，還要什麼絲棉衣被？孔德沚是來吵鬧的，宣稱要離婚費兩仟元馬上

就與姓張的結婚。這樣一吵鬧，茅盾的文章也寫不下去，我的翻譯也譯不出來，一點收入都沒有，身邊的錢花光了，我的儲蓄已盡，那裡去拿這 2000 元錢，生活都實在無著落了。相比之下，孔德沚的家生活還是較富裕的，茅盾的全部財產包括過去的稿費、版稅都在她手裏，孔每逢上街都是打打扮扮，珠圍翠繞的粉白紅唇。這一點她家的鄰居也是可證明的。茅盾還告訴我，說孔德沚有一個浙江同鄉幫，幫她出主意，參加圍剿我，我在上海是個陌生客人，孤立無援。心情也很煩惱。在這種情況下，茅盾不能保護我，也難免我沒有發過脾氣。

由於茅盾身體不好，過不了這種貧困生活，在日本京都，生活那麼清貧，他還要每天喝牛奶、飲牛肉汁。現在吃飯都成問題，那還來的牛奶和牛肉汁給他？加上茅盾很牽掛他的母親，孔德沚要和姓張的結婚，茅母唯恐她把家財帶到張家去了。我就提出他是否住回去，我一個人總歸好一些。這才引出了茅盾提出的四年之約，他向我提出等他四年，在四年中寫出一些著作、湊夠兩仟元離婚費，我們再團圓，再繼續寫出《虹》的下半部，並向我起誓此生不再愛第二個女人。這時候我又懷上了我們的第二個孩子，我們決定再一次動手術，人工流產流掉他。至於茅盾當時是真心如此，還是假言相騙，是後來變了，還是一種想「甩」開我的手段，這當然也只有茅盾才能心裏明白。如果說他當時僅僅是一種手段，那麼這個茅盾也很不「光輝偉大」。

這樣，我和茅盾就協商分手。協商分手不等於感情破裂。當時我們感情並未破裂，不過我對茅盾居然接受了我勸他回家的提議，在思想深處也是有一些看法的，覺得好像對他有了一些認識，而過去我是絕對相信他。想不到，孔並未與姓張結婚。

我們決定分手後，就一起去告訴了楊賢江夫婦，還去告訴了丁玲，丁玲大發了一通脾氣，表示堅決反對。我們還一起去照了一張合影，以作紀念（就是現在這一張，兩個人臉上均無笑容）。然後茅盾就送我上醫院去打胎，還是那個福民醫院，還是那個板大夫，茅盾一直守了我三天，還假惺惺向我哭著說：他母親不同意打掉孩子，

她認爲一個孩子太少了。三天以後茅盾就回到他原來的家中復婚去了，而我則在醫院獨自躺了一個星期。今後的生活怎麼辦？路怎麼走？頗費思索。

一個星期後，我自己出院一個人回到楊賢江家裏三樓上我們那間破屋子裏，看到人去樓空家徒四壁，心中感到分外淒涼。我就下樓去找楊賢江，我向他問詢我今後的組織手續和今後的組織關係怎麼辦？楊很遲疑，低頭半晌才說道：「你上當了，茅盾早已不是黨員，是開除了黨籍的叛徒了。」關於這個問題，我後面再談我的看法。我一聽宛如晴天起了霹靂，平地響起焦雷，頓時覺得天旋地轉，我昏昏沉沉、恍恍惚惚地回到三樓，這一下是黑了天啦，我的前途在那裡，我今後怎麼辦，回想起東渡日本，學業無成就，蘇聯沒去成，歷經三載的追求與摸索，竟原來我早已和黨組織斷了關係。我徹底絕望了，正好茅盾留下了兩瓶安眠藥，我把這兩瓶藥全部吃下去，後來似乎我就完全不知道了。究竟是誰救的我，有沒有砸破玻璃等我就不知道了。醒來時才發現我是在紅十字醫院裏的病床上，身旁只有我的侄兒秦國士守著，他正跪在地上給我搓手臂，看見我醒過來，國士說：「么姑，我們回老家去吧！」醫生說我已昏迷了一個星期，醫院這環境使我很受刺激，我不願在醫院繼續住下去。秦國士把我背出醫院，回到楊賢江家三樓的那個家裏，睹物傷情，這間屋子我一天也呆不下去。我把剩下的唯一的一條金項鍊交給秦國士去變賣以作路費，當天就買了票上了開往四川的船。從在醫院蘇醒過來，和回家到上船離開上海，都是在一天内的事，我走得如此倉促，沒有和任何人告別，怎麼會出現與茅盾相約送行的事。我上樓下樓，行路上船都是侄兒背的，在船上我一路休克了好幾次。到武漢我上岸住了幾天醫院，到了宜昌，又上岸住了幾天醫院，到了家鄉的門口萬縣，侄兒又不得不送我上岸去住醫院，路費也完了，侄兒把我安頓在萬縣的醫院裏，從陸路回忠縣老家去拿錢來接我。我就是這樣淒慘的回到老家，從此走上了一條坎坷不平的崎嶇道路。

當初我衝破層層堅冰，走上革命的道路，紅得也有一些名氣。加上茅盾在我們從東京出發到西京時，給我母親的信，說我們一起到蘇聯去了。母親不識字拿著請別人看，因此我回家後就流傳，我

是從蘇聯回來搞赤化的。在家養病也養不住，家人把我化裝一個死人，偷著用木船把我送往重慶。在忠縣老家，我還接到過茅盾從上海寄來的兩封掛號信。在重慶時也收到過不少他的來信，有的是專門談論文學創作和學問的，我有一個朋友在重慶《新蜀報》當總編，名叫王伯侖，他把這幾封信拿到《新蜀報》上去原文發表，不是用通信形式，而是用德君這一筆名，當作一篇文章發表的，其內容就是茅盾給我的信，我想應該還查得出來。

我一直病了好幾年，常年是病病歪歪的，大約在 1934 年冬（大約是這個時候），我住在重慶的堂兄家裏病得奄奄一息，眼看就要不行了，我回不了信，由我堂嫂代筆給茅盾回了一封信，說明我已病勢垂危，後來他又來了一封信說他要搬家但卻沒有告訴他將搬到何處，以後就再也沒有信來。但我卻奇迹般的活了下來（前後加起來也病了三年之久），康復之後，回想種種往事，我由一個健壯活潑、朝氣蓬勃的革命青年，吒叱風雲的共產黨員、婦女領袖（在西北戰場），為了一個不值得的負心人，葬送了我的健康、前途與政治生命，我是等了他四年的，既然他已不再提此事，我也就學林黛玉焚稿，將我們的來往通信及像片通通付之一炬。

一切從零開始，道路雖然是崎嶇的，但我卻要站起來，我已經站起來再走了一段，我還要繼續走下去。

關於茅盾想去找邵力子推薦他到蔣介石那兒去當秘書一事，是確有其事。那是我們剛到東京之時，吳招待我和茅盾在三越百貨公司吃飯時，茅盾向吳庶五提出，他在國內大家都批判他，說他的三部曲反動，他站不住腳很灰心，他想去找邵力子，請吳庶五為他在邵力子面前疏通疏通，他想到蔣介石那邊去，有一個秘書的崗位就可以了，請吳先代他轉達此意。我和吳庶五都不同意，吳不肯去，我堅決反對，我勸他革命低潮很快就會過去，等到高潮來了我們再繼續幹，你不如和我一起去蘇聯，去找蔣介石沒有前途。那時我們都痛恨蔣介石，力阻他不可如此。回來後吳告訴我，她與邵力子、陳公博、葉楚昌、周佛海、沈雁冰、陳望道七人在上海時，曾經是一個馬列主義小組，而邵力子是浙江人，蔣介石也是浙江人。說邵

力子與蔣介石關係很好，浙江人很認同鄉，愛結成幫。以後茅盾同意和我一起去蘇聯，也再沒提起過找蔣介石的事，這不過是一念之想，也沒真去找，經我一勸，也就算了。茅盾說他要去找邵力子或汪清衛倒是有可能，而去找蔣介石不可能。這不過是遮遮掩掩的承認。當時的邵力子已經是蔣介石的紅人、親信，而在 1928 年的汪精衛已叛變革命，寧漢合流，找汪精衛與找蔣介石又差得了多少，我認為茅盾承認找邵力子與汪精衛有可能，這就等於承認這一事實。當初一念之想，事過幾十年不願提起，也是可以理解的，忘記了也有可能。

上面我已講述了我與茅盾的結合與分離事實情況，現在再來談談關於杯水主義、陷害及其他：

既然為錢青所言：秦德君依戀茅盾之深，寧肯放棄自己的前途；韋韜講：秦德君為了不肯離開茅盾而為他自殺，那麼，秦德君就不是一個杯水主義者。因為，沒有哪一個杯水主義者會為愛情而肯犧牲自己的前途，會為自己的愛情而自殺。如他們所講，茅盾只是因為自己的苦悶與孤獨，而與一個女人逢場作戲，聊以解悶，甚至不惜耽誤她的事業、青春、政治前途，和找一個臨時不花錢的下女，目的是將來甩掉她。這種玩弄女性的人還稱得上什麼「偉大」，這不恰好說明了茅盾是在玩「杯水主義」，是個玩弄女性的小人。杯水主義這頂桂冠送給韋韜自己的父親，豈不更加合適。

曾然，我與茅盾相逢之前，曾有過一段不幸的婚姻，和不得不放棄的愛情。前者就是你曾提到過的穆濟波，那是一段強迫的、片面強加於我的不幸婚姻。早在 1920 年我因參加「五四」運動被學校開除驅逐，而當時在成都有我的伯父他聲稱要將我綁上一塊石頭沈諸於東溪口的漩渦裏。由少年中國學會的同志協助我逃到重慶，穆濟波時為重慶《新蜀報》的編輯，他也是少年中國學會學員，有所接觸。在一次少年中國學會歡送陳愚生出川的宴會上，穆濟波來了一個突然襲擊，片面宣佈當天我們結婚，變送行宴為結婚喜宴，用酒將我灌醉，強制的造成既成事實。我當時僅是一個中學生，才十幾歲，有口難辯。以後我逃避了他七年之久，總也甩不掉，無論我

走到哪裏，他都會跟蹤而至，雖然我們早已分居，但他還是糾纏不休。我與劉伯堅的愛情不得不放棄，除了諸多別的政治上的考慮外，這也是原因之一。因爲當時（1926）正逢革命高潮，要團結各界人士共同奮鬥，我和伯堅都是黨的代表人物，西北界的高級將領，在穆的問題沒有解決前我們不能結婚。這都是爲的革命利益——政治影響，當然，如果是處於革命低潮時期，我和伯堅就不會這樣來處理。1928 年我東渡日本時，我和穆濟波的問題是徹底了結了的。在這裡我不想來述我的自傳，總之茅盾是決不會以「杯水主義」者來看待我，反之，他當時是尊我爲「北歐命運女神」。1952 年我在教育部工作時，教育部黨委曾派人去找過茅盾，瞭解我在日本這一段歷史，茅盾的回答是：「事實就是如此，秦德君在日本時思想是前進的。」而對於別的方面，諸如尋找組織關係等茅盾則以「我不是共產黨員，不能證明。」予以迴避。白紙黑字，見諸檔案。

至於茅盾筆下的女人，多半帶有色情色彩，那是茅盾的文藝觀和人生觀所決定的，與我無關。例如《虹》中的梅行素的原型胡蘭畦，我再三說胡交遊雖廣，但不是這種情調的人，茅盾則說這是藝術創作，不必拘於原型。

我與茅盾相逢時我也僅只有 20 多歲，不能因爲我曾結過婚，生過孩子就構不成他在欺騙我，他玩弄女性是正確的。自從我在 1934 年焚掉茅盾給我的來信與我們的照片以後，我和他已情斷義絕毫無來往，我們見面我都不理他，何言文革中又去找他之事，可有證據？純係天方夜譚莫須有的事。我在文革中所受到的衝擊比茅盾大得多，1967 年我即進入秦城監獄，何言陷害？至於我的自傳早在 1952 年忠誠老實運動中我寫的材料就是如此，何言文革中提出陷害一說？這才是無中生有的瞎編亂造。而且我的回憶錄在 50 年代就在開始寫，文革中抄走失散了，文革以後我又重新寫。而且，我的《回憶錄》又不僅是茅盾一人一事，但確實是因此而不能出版，韋韜揚言誰出版就要告誰，豈非是韋韜在作崇，怎能不叫阻擾。

（八）關於丁爾綱研究員在會上宣讀的資料，證明楊賢江與郭彤都說錯了。我認爲錯了就是錯了，我可以在今後的引用中去掉這

兩句話，但楊賢江與郭彤先後和我講的都是他們原話，並非我捏造出來的，我是把他（她）們的話當成代表黨組織的話來聽的。楊賢江過去一直是管組織的，早年的黨組織關係不像後來這樣嚴密，全靠黨員之間互相證明，茅盾向我隱瞞了他已脫黨這一事，同樣會對我的政治生命有巨大影響，我還以為他仍然是黨員。

我認為楊賢江所以講茅盾是叛徒，可能是楊賢江自己的看法，從丁爾綱的材料來看，當時無論組織上或他自己，都已經知道他不是共產黨員，這有兩種可能，一是黨在錯誤路線指導下，可能對茅盾曾經作出諸如開除之類的錯誤決定，後來糾正了；一是茅盾自己消沉，離開了黨組織，而黨組織原諒了他，還在爭取他。而楊賢江就據此認為他是叛變了。通常人們在口頭上常會說某人、某是叛徒，是叛變，這是常有的事，並非代表組織的結論，不那麼嚴格和確切，這是常有的事。而我是把他們的話當成組織的態度來看的。我以前引用過他（她）們的話，說不上是誹謗、污陷或中傷。

因為我生了一場重病，對你的提問回答晚了一點，希諒。順便說一下，資產階級自由化是一個政治概念，也就是違反或反對四項基本原則，對某一個歷史人物進行實事求是的探討，提不到這個綱上去，韋韜揮舞這一概念當成棍子來打人，是錯誤的。

以我現在的年齡與體力，我已不適合再參加這一類的論戰了，今後我不想再捲入這些紛爭，由人們愛說什麼就由他們說去罷。

元旦已過，春節即將來臨，祝你節日快樂！

你們是把謠言來當成史料作研究，請問我和茅盾當年在日本的日子裏，韋韜有多大，他懂得什麼，你們把他的胡說亂扯來作史料研究，對麼？

一九九二年一月四號　秦德君

14、1992 年 2 月 10 日 秦德君致李廣德

廣德同志：你好！

我近來病狀有好轉，但仍站立不起來，也不能行走，據說「腦

血栓」的後遺症，就是殘廢與糊塗。

女兒代我寫的抄稿，回答你的八條，收到了吧？爲何不回信？聽說：茅公子仗勢錢多，出高稿費動員錢青那樣的無賴造謠罵我。你們的研究會全都聽茅公子的指揮，都說他有錢有勢萬能，你們所有的研究者都聽他的，有很多的知情人，你們都不去採訪，就聽他胡說一氣，他的一些小朋友也只是笑痛肚皮。

究竟如何發落，請你回個信，不要保密！我的病很可能隨時惡化，但我希望在生前知道這個公平。

還有我的任兒秦國士是 1930 年我服毒後以至送我回老家，是他一手承擔的，他是鐵的證人，希望你們搞調查要找知情人，知情人多得很他們放個屁也有幾分「眞實」在。美其名曰「調查研究」要實事求是啊！

再見

1992 年 2 月 10 日　秦德君草

15、1992 年 3 月 22 日 秦德君致李廣德

廣德同志：你好！

二月二十六日來信收到，關於我的回答你所提出的幾個問題，對頭麼？是否還有未盡之處？

關於《XXX 傳記》的事，參加你們那年在廈門開的茅盾研究會時，從美國來的女作家「陳幼石」會後來看望我，她說她要寫一部《秦德君傳》，因行色匆匆，等到來年再來參加茅盾研究會時，再來找我要材料。只是去年你們在南京開會時，陳幼石與沈衛威一樣的命運，給韋韜把他們拒絕了，來不成，歉疚勿已！

去年胡蘭畦從成都介紹一位龍教授來找我，說：他要寫我的傳，恰巧，碰上我任女的女兒（四川人民出版社的編輯），他們談得不投機，吵起來了，吵到幾乎打起來了，沒有結果。

西藏新華社長李志勇同志介紹甘肅「作家協會」作家張 X 來，

也說要為我寫傳，但他知我者太少，未知如何發落。

還有零零碎的一些寫作之士，有時來找我說，要為我寫傳，只好笑而不能答，不知段百玲同志有何高見？

關於解放後這幾十年來的事，說起來則不太一班了。

此祝　撰安

1992 年 3 月 22 日　秦德君　頓首

16、1992 年 5 月 1 日 秦德君致李廣德

廣德同志：你好！

四月廿八日來信收到，我苦於嚴重的「腦血栓」後遺症，既不能出門走走，又不能下樓，生命的運動權力沒有了。哀哉！

對於往事，已逐漸淡忘，對於今事記不得。我這一生，雖然與茅盾，只不過是一章或一節，但給韋韜以茅盾所留給他的金錢，四處活動，致使我的文稿在出版界到處碰壁，出不來，所以對於解放後這些年來過往，每每提起筆來又擱下了啊！

早在 1949 年創立人民政權的當初，我就遭冤案不得申時，我就感到還要天下大亂，結果體現在「文革」中的巫七八糟，又「六四」浪潮中的形形色色。到了今天，對於寫回憶解放以來的這樣那樣，已力不從心了。

回想 1949 年，因潘漢年、吳克堅等人，感於女國特林華老九的黃金美鈔、鑽石（戴笠的經濟負責人）誣告，我在上海解放前夕被國民黨判處死刑，幸由解放軍進軍神速，把我從敵人的斷頭臺上救活來。而潘、吳都是地下工作中的主要負責人，出頭為女國特誣陷說，我在被國民黨逮捕後叛變自首，破獲好多地下機關，犧牲了好多地下黨員，而當時的領導並不是非明查，就召集大會撤銷我的新政協籌備委員職務，叫我多少傷心，多少難看？！

等到由李維漢辦手續叫我到上海找潘漢年作出結論說「秦德君在上海解放前夕，被匪特逮捕後，雖受刑訊，但秦並未向匪特吐露

中共關係、民革關係，及其他一切民主人士關係，這是很好的，不能得出結論說秦德君被捕後，有政治叛變行為。」雖然如此結論，但領導並未給我恢復名譽以及政治待遇，甚至成立中華人民共和國以後，把我放在惠中招待所，不分配工作，試想想，是個什麼滋味。而攀親帶故者的親戚的親戚，舅子的舅子，老表的老表，都來在領導的機關裏工作得很滿意。到1952年，招待所要撤銷了，我則無處逃生，還是一位有義氣的朋友，叫重工業部去向人事部指名要我去工作，而潘漢年的好同夥楊翰笙依仗權勢，他是文委秘書長，叫劉凱豐把我弄到教育部參事室。那裡的參事美國博士趙勉與法國博士邵鶴停兩人，把我叫做「黃毛丫頭年紀輕輕的，到參事室來幹嗎呀！」

一天到晚忙著參加部務會議、高教會議、中教會議、小教會議、社教會議，會完之後，則會議不知何處去，參事仍然無聊的寫回憶錄，寫好了無處發表。到1954年參事室撤銷了，我的名字又到了第二屆全國政協委員會，此後的不堪設想的事就太多了。

當時的國民黨的海軍陸戰司令周宇寰反攻大陸，在參考消息天天記載周的動態演講。敵工部知道周是我的姪女婿，要我出面爭取他，不料消息走漏，蔣介石就把姓周的殺害了。紙短話長說不完啊！

此祝 撰安

1992 年 5 月 1 節　德君上

關於秦德君逝世日期答李慶國問

李慶國先生：

你好！對兩個問題，我知道的是：

一、秦德君逝世是 1999 年 1 月 22 日還是 2000 年？

據查是 1999 年 1 月 22 日。我曾於 1999 年 1 月 26 日寫信給是永駿告訴他這個消息。我還曾收到過秦的女兒秦燕士的電話和贈書《火鳳凰》，寫的是 1999 年 2 月，她母親在世時囑她寄書給我的。所以肯定是 1999 年 1 月 22 日。

二、秦德君的黨籍問題解決了沒有？

從悼詞來看，她始終未能重新入黨，或者恢復中共黨籍。但此份材料一時找不到，無法複印給你。

另外，我手頭還有一份秦德君答覆我幾個問題的長信，國內一時無法發表，你看能否在日本找到發表的刊物？

專此。即頌

時祺！

李廣德 2002、3、28

注：李慶國先生為中國文學研究學者。

關於秦德君回憶錄《火鳳凰》答彭洪松問

彭洪松同志：

你好！發來的電子郵件收讀。貴報刊出的《火鳳凰——秦德君和她的一個世紀》書摘稿《我與茅盾的恩恩怨怨》讀過了。

首先，我認為，書中對茅盾以及與她的關係的基本觀點，一直是秦德君生前多次說過的，並沒有新的內容，這也為秦老女兒秦燕士同志寄贈《火鳳凰》於我時提到的。我的總的認識是，這裡存在著秦與茅之間的個人恩愛情怨，她仇恨、惡罵被自己愛過且同居過而後來由於種種原因分手了的男子，這是可以想像也可以理解的。有一次，我和秦老通信時根據已查實的文獻，告訴她「中共中央並沒有給茅盾下過『叛徒』的結論，而且指示東京支部可以重新接受沈雁冰入黨；你說茅盾是『叛徒』是不對的」。她回信說，「如果我說錯了可以改正」。但是她並沒有在文章和書中改正。為什麼不改正，自然有她的思想和感情。此書出版前，《百年潮》1997 年第 4 期刊出秦德君口述、劉淮整理的《我與茅盾的一段情緣》，也是如此。她的文章發表後，中國茅盾研究會常務副會長萬樹玉研究員以「如玉」筆名撰寫了一篇《談論人物應堅持求實態度——寫在秦德君〈我與茅盾的一段情緣〉後》，對秦德君文章與黨中央關於茅盾的結論相左的觀點，作了批駁。此文發表在《紹興文理學院學報》1998年第1 期。我對如玉同志的論文的觀點是贊同的。

其次，由於茅盾沒有留下他與秦德君的關係的片言隻語，人們

對秦德君的回憶文章也只能當作當事人之一提供的資料，人們可以拿來研究，卻不能也不會以此作爲什麼定論。唯有中共中央關於恢復沈雁冰（茅盾）黨籍的決定和胡耀邦代表黨中央致的悼詞等文獻才是對茅盾的政治結論。

最後，貴報刊出的摘自《火鳳凰》一書的文章的內容與原書沒有什麼出入。作爲書摘類文章發表，是可以的。既然此書已經由中央編譯出版社審定並且正式出版，你報向讀者介紹這本內容與浙籍大文豪茅盾有關的傳記作品，有助於引起讀者的閱讀興趣。研究者和其他讀者很需要各種材料，「有比較才有鑒別」。至於文章、書籍的內容和作者的觀點、感情如何，那都是作者「個人」的，我們應該相信多數研究者和其他讀者能作出正確判斷。

以上所寫，也是我個人的看法，供參考吧。

李廣德於 1999.6.3 下午
注：彭洪松先生時任杭州日報編輯。

茅盾及其研究與國際互聯網和電子出版物

　　二十世紀偉大文學家之一的茅盾先生辭世已經二十週年了。從 1981 年 3 月 27 日這位文學大師溘然逝世以來，人們對他的興趣和研究卻與日俱增。各色人等，褒之貶之，見仁見智。然而，不論人們以何種立場、觀點和戴著何種眼鏡看待茅盾和他的作品，一個不爭的事實是：茅盾雖逝，卻已永生，他的音容笑貌、品德操守、人生經歷、文學創作、學術著作和其他偉績，已經固化在紙媒體尤其是電子出版物中，而且生存並活躍在國際互聯網上，成為人類數字化生存時代精神生活之一重要元素。本書試就國際互聯網和電子出版物上有關茅盾生平介紹、茅盾作品傳播、茅盾研究和其他的有關信息，進行一些論述。

一、文學研究與國際互聯網

　　鑒於茅盾研究者中目前上網的還為數不多，筆者先對「國際互聯網」作一個簡單的介紹。國際互聯網又名「英特網」、「因特網」，英文是 Internet，是 Internet work system 的縮寫。Internet 是世界上覆蓋面最廣、規模最大和信息資源最豐富的計算機信息網絡，它是一個由數以千萬計的各種計算機、網絡和無數用戶組成的聯合體。它可以使任何一個用戶能夠與世界範圍內的人進行通信、共享資源和共享數據。人們只要通過一根電話線與 Internet 相連接，不但可以使用電子郵件（E-mail）與網上任何用戶交換信件，還可以跨越地區、國界使用遠程計算機的資源，查詢網上的各種數據庫的內容，以及獲取希望得到的各種信息、資料。對於現代人來說，Internet 是傳播工具、通訊工具，是經濟工具、商業工具，是文化工具、學習工具，是科學工具、研究工具，

是生活工具、交友工具，是娛樂工具、休閒工具，也是政治工具、軍事工具、鬥爭工具……，總之它是任何人可以作任何用的工具。就學術研究來說，網絡傳播、網絡文化、網絡文學、網絡學術、網絡教育教學等與之關係最為密切。1996年8月16日《文藝報》的「世界文壇」專欄就發表過一篇《電腦技術給文學研究帶來了什麼？》，介紹美國加州大學分校教授N・凱瑟林・海爾斯在《人文》雜誌上的文章，指出：「電腦技術通過超級文本（將不同文本或詞彙用多種方式聯繫在一起的一個網絡。讀者可以通過利用網絡的各個部分，從一個文本單位轉到另一個文本單位）將給文學研究帶來巨大的變化。」作者說，電腦技術給文學研究帶來的變化表現在三個截然不同而又相互關聯的領域。第一是人們正把文學作品變成電子符號輸入電腦，建立了印刷文本的電子檔案。這便利更多的人讀到珍貴的手稿。第二，超級文本在輸入文本的同一電子環境裏，還輸入有關的評論、插圖和傳記材料，從而把文字和圖像結合起來，把文本和評論、資料結合起來，給從事文學研究的學者和學生提供極大的方便和可能性。而第三個，即電子文本對文學研究產生的最大影響，還在於吸引讀者參與交互式的文學創作。超級文本為文本的敘述提供了多種可能性，讀者可以按特定順序進行選擇，使這些可能性變成現實。其實，國際互聯網所提供的超級文本的鏈接只是方便文學研究的一種功能，它還有許多其他的功能，對於包括茅盾研究在內的多樣化的文學研究，都有方便的和顯效的功用。

二、茅盾研究與國際互聯網

在過去，茅盾的文學作品和他的其他著作只是通過書刊出版發行和讀者、研究人員建立關係。而現在，茅盾的文學作品和他的其他著作還可以通過國際互聯網和廣大讀者、研究人員發生關係。正是國際互聯網使茅盾的創作及他的學術研究成果不分日夜地為網上讀者閱讀和利用。已經上網的人知道，只要有一臺電腦，再用電話撥號，便可連接國際互聯網，上網之後就可以利用搜索引擎很方便地查找自己想要看的有關茅盾的網上資料，包括書籍、論文、圖片、影視音像和其他資料。

讓我們先從一個小的網站——http://go.163.com/-townwuzhen（小冬故鄉——烏鎮行）網站說起。筆者在2000年4月4日22：04通過搜索網站查找茅盾研究資料時，發現了這個網站，進去後立即看到主人的歡迎詞：「Welcome to

Visit MaoDun's Hometown！」，並且發現它的主頁上有摘自茅盾《我走過的道路》中關於故鄉的話，有關於烏鎮鎮和它的風光的介紹，有茅盾故居的介紹。於是給網站主人發了下面一封電子郵件，信的主題是《問候並求教》，內容爲：「我是湖州師院中文系李廣德，一個茅盾研究者，上網找資料來到您的網站。請告訴我有關你的情況，因我要寫一篇《茅盾在互聯網上》，請給予支持。先謝謝了。」第二天，我就收到網站主人的來信，內稱：「我在網上拜讀過您的大作《一代文豪：茅盾的一生》。／我是烏鎮人，現在杭州 IT 行業工作。去年暑假，剛大學畢業，在家無聊得荒。信手做了個站點。這個站點純粹是個人性質的，而我現在工作也挺忙的，所以維護工作還沒有做到家，近期我將要進行一些改動，讓這個站點更加名副其實。／根據我的瞭解，網絡上介紹茅盾及其文學的站點有一些，但是不夠全面，有些甚至很不專業（比如我的站點），但我的站點應該是同類站點中最具有技術優勢的。當然，一個眞正優秀的網站，不僅要外表漂亮，內容上更要求人無我有，人有我精。應該說，茅盾文學這方面的內容專業性要求比較高，所以以後還請您多多指點和幫助。／我在 1996 年開始上網，現在從事網絡產品的開發研製工作，對互聯網有一定的瞭解。也曾經做過幾個大型專業網站，如果您在網絡方面有什麼需要幫助的話，可以找我。」還告訴了我他的傳呼機號碼和姓名。他的信還有一句附言：「如果您允許的話，我可以在站點上放上您的大作。」所謂「大作」，指的是拙作《一代文豪：茅盾的一生》。我的這本傳記由上海文藝出版社在 1988 年 10 月出版，出版時間較早，韋韜先生稱之爲「第一本茅公的文學傳記」。此書是文學作品，也是學術著作，但第一次只印 3700 冊，1992 年 2 月第二次印也僅 6500 冊，早已脫銷。那麼沒有讀過或者需要這本書的人怎樣才能讀到它呢？過去要上圖書館借，而且不一定借得到，現在則只要上網，就能通過任何一個搜索網站（如「新浪搜索引擎」）進行查詢找到那些網站有它，還可以下載這本書，打印出想要使用的章節。這裡雖然有一個版權問題，但是爲了能有更多的讀者看到此書，有更多的人認識茅盾，我自願將拙作放到網上，供更多的人使用。如今從許多網站都可以閱讀和下載這本《一代文豪：茅盾的一生》。

　　關於浙江桐鄉茅盾故居的網站，還有一個列入「浙江旅遊名勝」的網頁：http://www.zhejiang.gov.cn/lyms/ly2-24.htm 其內容是：「烏鎮茅盾故居是革命文學家茅盾（沈雁冰）祖輩居住的老屋，始建於十九世紀中葉，建築面積 650

平方米，爲清代江南民居。茅盾自 1896 年 7 月 4 日誕生至 1910 年春離鄉求學，在此生活了十三個春秋，以後數十年仍聯繫不絕。1982 年列爲省級文保單位，1983 年 8 月籌備修復，1985 年 7 月落成開放，1988 年 1 月公佈爲全國重點文物保護單位。開放後相繼增擴附屬用房和陳列館，總建築面積 1731.5 平方米，1994 年 8 月更名爲桐鄉市茅盾紀念館，設《茅盾故鄉烏鎮》、《茅盾走過的道路》、《茅盾故居（復原）》三個基本陳列。全年每天開放，平均每年接待觀眾 3 萬人次，是浙江省愛國主義教育基地，嘉興市紅色長廊青少年教育基地和桐鄉市中小學校外德育基地。」

現在讓我們再來看一個大的網站——http://www.yahoo.com.cn（雅虎中國）。這是一個爲人們上網提供搜索服務的大網站。7 月 8 日，我爲檢索有關茅盾的材料進入這個網站，在寫下要搜索的「茅盾」二字後，它即開始檢索，而且很快就完成檢索，頁面上顯示「檢索結果：「找到 799 個網頁符合檢索字串茅盾」。且看其中第 21 至 30 網頁爲：

21. 黃金書屋——茅盾短篇小說

#page{position:absolute;z-index:0;left:0px;top:0px}.swy1{font:12pt/16pt"宋體"}.swy2{font:9pt/12pt"宋體"}茅盾短篇小說春蠶一老通寶坐在……http://xg-www.hb.cninfo.net/shu/chuncan.htm-size:33058,date:1999/7/16,score:1000,language type:GB Show Matches

22. 茅盾手蹟〔簡體碼〕

茅盾手蹟 11……http://www.cz.js.cn/qqbjn/wrtc4.htm-size:517,date:1999/10/28,score:1000,language type:GB Show Matches

23. 茅盾

中文主頁百年慶典中文檢索幫助信息 茅盾（1896～1981）作家，政治活動家。原名沈德鴻，字雁冰。筆名有玄珠、方璧、郎損等。浙江 桐鄉……http://gopher.pku.edu.cn/about/pku-famous/mao-dun.htm-size:11260,date:2000/1/14,score:1000,language type:GB Show Matches

24. 茅盾作品選

茅盾作品選長篇小說子夜蝕三部曲腐蝕虹鍛鍊霜葉紅似二月花霜葉紅似二月花續稿多角關係 短篇小說報施創造春蠶大鼻子的故事林家鋪子色盲詩與散文？……http://goldbook.he.cninfo.net/mj/maodun/index.html-size:5354,date:

2000/2/26,score:1000,language type:GB Show Matches

25. 茅盾故居〔簡體碼〕

茅盾故居在烏鎮中市，是一代文豪茅盾誕生和度過童年、少年時代的地方，1988 年列爲全國重點文物保護單位。後園有 1934 年茅盾親自設計翻修的書齋和手植的天竹、棕櫚。東鄰有茅盾母校立志？⋯⋯http://www.tx.gov.cn/zjtx/whly/Mdgj.htm-size:949,date:1999/4/12,score:1000,language type:GB Show Matches

26. 黃金書屋——在茅盾文學獎頒獎儀式上的致詞〔簡體碼〕

在茅盾文學獎頒獎儀式上的致詞 非常感謝評委們將本屆茅盾文學獎授予我們幾個人。本來，還應該有許多朋友當之無愧地集成受這一榮譽。獲獎並不⋯⋯http://hostess.xa.sn.cn/wenyuan/luyao/019.htm-size:1602,date:1999/11/4,score:1000,language type:GB Show Matches

27. 白鹿書院——茅盾文學獎，愛你不容易

返回上頁 茅盾文學獎，愛你不容易 作家：不大關心 第五屆茅盾文學獎的評選工作正在緊張進行。筆者打電話詢問一些知名作家，他們顯然對評獎不⋯⋯http://joinnow.com.cn/book/xinwen/234.htm-size:7121,date:2000/3/4,score:1000,language type:GB Show Matches

28. 茅盾故居〔簡體碼〕

茅盾故居是茅盾先生 1974 年 12 月至 1981 年 2 月病重住院前生活的地方。是一座佔地 800 平方米的兩進四合院。茅盾先生的起居室、會客室都保留原貌，茅公生前的書籍，日常用品、衣物、文具⋯⋯http://www.bjww.gov.cn/bwg/gb/b40.htm-size:2502,date:1999/4/29,score:1000,language type:GB Show Matches

29. 第五屆茅盾文學獎參評作品開始徵集

第五屆茅盾文學獎參評作品開始徵集 第五屆茅盾文學獎參評作品徵集工作已正式開始。此次評獎的範圍爲 1995～1998 年發表或出版的長篇小說⋯⋯

30. 黃金書屋

不知名的老師看出少年茅盾必成大器，歎曰：「小子可造！」父母必讀楊

德華──我在茅盾之子韋韜同志處，求借了茅盾小時的作文。翻閱這些封面注明爲己酉年（一九○九年）的作……http://www.fjgg.fz.fj.cn/xsxh/rw/167.htm-size:6449,date:1999/4/19,score:787,language type:GB Show Matches

然後可以繼續查找其他的「相關網頁。當然，這 747 個網頁並非全是有關茅盾、茅盾作品或者茅盾研究的，但是只要互聯網上某個網頁有「茅盾」二字，它就會幫助我們檢索出來。只要我們用鼠標點擊其中某個網址，即可進入該網站，看到網頁的內容。例如打開 http://www.pdg.com.cn/bookhtml/4_1_10.htm 這個網頁，它爲我們顯示出《茅盾全集》列表：「茅盾全集 1〈小說一集〉、茅盾全集 2〈小說二集〉、茅盾全集 3〈小說三集〉、茅盾全集 4〈小說四集〉、茅盾全集 5〈小說五集〉、茅盾全集 6〈小說六集〉、茅盾全集 7〈小說七集〉、茅盾全集 8〈小說八集〉、茅盾全集 9〈小說九集〉、茅盾全集 11〈散文一集〉、茅盾全集 12〈散文二集〉、茅盾全集 13〈散文三集〉、茅盾全集 14〈散文四集〉、茅盾全集 15〈散文五集〉、茅盾全集 16〈散文六集〉、茅盾全集 17〈散文七集〉、茅盾全集 18〈中國文論一集〉、茅盾全集 21〈中國文論四集〉」。接著用鼠標點擊其中某一本，即可用「超星閱讀器」下載閱讀，也可打印出來以備閱讀、研究。

再如我們進入「黃金書屋」網站，可以看到這個網站的「現代文學」欄目中收入了茅盾的長篇小說：《子夜》、《蝕》三部曲、《腐蝕》、《虹》、《鍛鍊》、《霜葉紅似二月花》、《霜葉紅似二月花（續稿）》、《多角關係》，短篇小說《報施》、《創造》、《春蠶》、《大鼻子的故事》、《林家鋪子》、《色盲》、《詩與散文》、《石碣》、《手的故事》、《水藻行》、《小巫》、《煙雲》、《有志者》、《自殺》等。上網的廣大讀者尤其是文學青年想閱讀這些作品非常方便，要對這些作品進行研究也很方便，只須下載、保存在自己的電腦裏和軟盤上，隨時都可打開來使用。筆者就通過上網和下載，將茅盾的主要作品存在一些軟盤上，在進行教學時利用多媒體電腦讓學生閱看。

尤其值得注意的是，當社會上一些人力圖抹煞魯迅、茅盾之時，幾個著名的文學網站不僅在網頁上放置了文學大師的作品，而且有的網站還以長文介紹魯迅、茅盾的生平事蹟。例如「黃金書屋」在《茅盾作品選》的頁面上就有一篇《茅盾生平》，文章在介紹了茅盾的生平事蹟和創作特點之後，對茅盾在文學史上地地位予以正確的評價：「文學史界近年來公認茅盾是中國社會剖析派小說的壇主。這一派來源於 19 世紀法國、俄國的現實主義小說，又同

中國古典世態小說兩相結合。我們從《霜葉紅似二月花》的『續稿』裏可以看得分明。這部寫於 70 年代並未經最後修飾的草稿，它的巴爾箚克、托爾斯泰式的敘事，精細的環境與人物服飾描摹所流露的舊說部的筆趣，是再明顯不過了。」尤其是這篇文章最後極有學術見地並針對貶損茅盾的文學思潮指出：「茅盾代表整整一代的小說，直至 80 年代現代派的先鋒小說興起，一種更偏於個人內心的新一代敘事風行於世。這並不奇怪，茅盾在本世紀絕大部分時間所充任的，也是這種『新興』作家的角色。繞開茅盾是不成的，試圖把一個大作家推崇到不可逾越的地步，同樣不成。另外，每一代的文學承傳是『積累』式的，下一代如果只對上一代『狂轟亂炸』，採用革命、革革命、革革革命的『阿 Q』方式，到頭來你會發現手中僅剩熊瞎子劈的一穗苞米，我們永遠要爲獲得現代知識的 ABC 而繳納昂貴的『學費』。實際上，後現代派的作品與評論，並沒有把現代派的一切都掃蕩乾淨呀！現代派對寫實派也不像人們想的是掃地出門。我們今天讀一些青年作家的新作，在感到它們「寓言」式的結構的同時，會覺得故事、環境、人物這些小說的基本因素仍然活潑潑地存在著，它們只會變形，而不會徹底消失。茅盾小說的意義正在這裡。」如此觀點正確、科學而且旗幟鮮明的評論，對於上網的廣大讀者尤其是文學愛好者、習作者，其影響和作用是富有積極意義的。對於這些熱情而積極宣傳茅盾和茅盾作品的文學網站和文章作者，我們向他們表示崇高的敬意！

　　至於查找與茅盾有關的其他內容，使用互聯網也很方便。譬如上網來到 http://library.wuhee.edu.cn/dzsy/other/pinlun/100.htm，這是《二十世紀中文小說一百強》的頁面，上面顯示茅盾的長篇小說《子夜》排名第 6，而這個排名是由中國大陸、臺灣、香港、北美地區、馬來西亞、新加坡等國家和地區的作家、學者組成的評委會評定的，具有相當的權威性和公正性。

　　再如查找茅盾文學獎的評選消息，我們就可以進入有關的特定的網站，像中國作家協會魯迅文學院主辦的「今日作家網」，它上面有「新聞快遞」一欄，用鼠標點擊打開，就可以從中找到有關的消息。例如我在 5 月 25 日就找到了一篇《第五屆茅盾文學獎開評》（李朝陽），內容是：「第 5 屆茅盾文學獎參評作品徵集工作已於不久前結束。筆者近日獲悉，目前參評的小說僅 100 餘部。／本屆茅盾文學獎參評作品徵集辦法規定，凡堅持「二爲」、「雙百」方針，「弘揚主旋律，提倡多樣化」，且在 1995 年至 1998 年間發表或出版的長篇小說，字數在 15 萬字以上的均有資格參評。據此，我們不難推算出有資

格參與本屆評獎長篇小說的數量，僅以 1998 年間面世的 800 部小說爲例，亦可見競爭的激烈。有消息稱，目前參評的小說僅 100 餘部，還包括 1977 年至 1994 年間出版、發表而未獲過茅盾文學獎的長篇小說，可見，眾多作家自知競爭激烈而沒有去參與角逐。／從 1995 年的第 4 屆茅盾文學獎評選揭曉後，所評作品的權威性開始受到文學界和媒體的批評。因此，當筆者近日就此詢問設在北京的評選辦公室人員時，他稱因爲爭議太多，所有工作人員均不敢開口亂說話。這位人士還說，今年的入圍作品都不會向外界公開，屆時，只宣佈獲獎作品，而對曾經參與了這一角逐的作品保密。」如果研究茅盾文學獎的課題，這樣的信息無疑是很必要的。

三、茅盾研究與國際互聯網

在二十世紀九十年代以前，人們從事茅盾研究和撰寫學術論文的前期準備工作主要是閱讀茅盾作品和茅盾的其他著作，閱讀其他人發表出版的論文、書籍，設法請教前輩學者和有關的作家及有關人士，只有極少數學者得到過茅公本人的指導、幫助。今天，閱讀紙媒體發表、出版的茅盾著作和專家、學者的學術論著及有關的材料，雖然仍是茅盾研究的重要途徑，但是卻多了一個現代化的媒體和工具——國際互聯網。在互聯網上，茅盾創作的文學作品，尤其是小說、散文作品，大都可以找到；還有一些學者的研究論著，也可上網找到。例如，上網到美國國會圖書館（The Library of Congress）主頁，經過檢索，網頁顯示出有關茅盾的部分藏書（見附錄一）。其中有一些茅盾的著作，還有孫中田、李慶國的《茅盾》，莊鍾慶的《茅盾研究論集》、《茅盾紀實》，李岫的《茅盾研究在國外》，孔海珠的《茅盾和兒童文學》，孔海珠、王爾齡的《茅盾早年的生活》，丁爾綱的《茅盾散文欣賞》，劉煥林的《茅盾短篇小說欣賞》，鍾桂松的《茅盾傳》，歐家斤的《茅盾評說》，中國茅盾研究學會編的《茅盾研究》等著作，並有關於作者、標題、版本、出版者、主題等方面的介紹。

同樣，網上已經有的茅盾研究論文和書籍，以及有關的作品和論著，如魯迅、郭沫若的，毛澤東的，只要上網找到並下載下來，就可以很方便地進行閱讀，同樣很方便地將想引用的部分插入自己用電腦寫作的文章中。對於茅盾研究來說，電腦和國際互聯網的功能主要有：

一、便於查找、選擇和利用茅盾著作。如果研究茅盾《霜葉紅似二月花》

前九章和後五章的關係，可能會引用《秋潦・解題》。此時就不必找原文抄寫，只要打開電腦中保存的《秋潦・解題》文件，就可在文章中插入它的全文或部分。譬如引用文中茅盾概述的《霜葉紅似二月花》前九章故事梗概的文字，只要使用「複製」，就可將以下文字插入自己正在寫的文章：「前九章登在《文藝陣地》七卷一號至四號。故事的梗概如下：「五四」運動的上一年，江南某縣城內，兩派的紳縉為了爭奪善堂公款的管理權而發生了暗鬥；地主兼充善堂董事的趙守義不肯放棄善堂公款的支配權，而又不肯揭除偽君子的假面具，於是一面多方延宕，一面找尋對方——惠利輪船公司主人王伯申的弱點，指使同黨借題與王伯申為難，意要王伯申知難而退。恰好那時秋潦為患，王伯申的小火輪航行的路線上，有些地勢低窪的村莊被小火輪激水沖塌了堤岸，淹沒禾田，大為農民所反對，趙即指使同黨藉此煽動農民要用暴力阻止輪船的行駛，藉以窘迫王伯申。但同時，受害的村莊中有錢家村的大地主錢良材，卻是一位頭腦清楚，急公好義，而且在縣裏有地位，在鄉里負人望的人物。他不贊成王伯申那樣不顧農民利益，堅要照常行駛小火輪，而亦不贊成趙守義那樣煽弄農民，借題以報私怨。他特地從鄉下進城去，打算用公正合理的方案來解決這個有關農民收成的問題，不幸他的努力歸於失敗。他只好趕回鄉下去。就他的能力所及，在他的村莊上謀補救了。」

　　二、便於查找、選擇和利用有關論文和文章。譬如筆者從新語絲電子文庫（www.xys.org）中找到了此前未讀到的《平常茅盾》（煒東），不僅得知它原發表於 1999／5／4《北京晚報》，而且想在講稿中引用作者的幾個觀點，於是很方便地先「複製」、再「插入」以下文字：一、「茅盾現在似乎不大為人們喜歡。他也實在是很平常，和眾多的五四作家不一樣，他沒有高學歷，雖出自北大，但只是預科畢業。和不少五四名人一樣，他早年喪父，奉母命成婚。在這一點上，與他命運相同的有魯迅、胡適、郁達夫等等，但只有他的婚姻結局是最普通的。他不是「病態的天才」，只有知識分子常見的神經衰弱和胃病。這大概和他永遠的心事重重有關係：他一輩子都在想為中國做一些實際的事情，無論是當作家還是作部長都在為中國分析規劃，結果總是在心裏留下遺憾——他覺得自己的長篇小說幾乎沒有一部是真正完成了的。」二、「在讀茅盾以前老早就聽說過茅盾，無論是老師還是課本還是他自己的名字都告訴我這是一位目光炯炯、嚴肅深邃的先生，沒想到真從他的早期作品讀起，倒看到了不少『細腰肥臀』的小姐。反覆用『細腰肥臀』描摹名狀女主

人公，這未始不是一種『有意味的形式』吧。首先，從觀察角度看，這種描摹雖然頗簡潔大膽，但目光是從後而至的，並不是面對面，所以觀察者的心態應該是大膽中又略有羞怯，直露中又有所顧忌。其次，從欣賞趣味看，『細腰』和『肥臀』的結合實在是典雅和粗獷的滙融。這倒和茅盾的既欣賞左拉裸露的自然主義又傾心於托爾斯泰溫良的現實主義暗合。上述這兩者實際上是茅盾的『矛和盾』，缺了一個也就不成體統了。而多少年來，我們都像聰明的鴕鳥把腰部以下遮住了，不看『肥臀』，只要『細腰』，所以到處是閱讀障礙。例如很多人就無法理解《子夜》中的吳蓀甫，一個堂堂董事長怎麼會突然在百忙之中非禮一個粗俗的老媽子呢？」三、「到了近些年，我們這些新新人類苦盡甘來，趣味轉而趨向『豐乳肥臀』，看到個只有『細腰』的茅盾，把他排到大師以外也就沒什麼可奇怪的了。這『豐乳肥臀』倒讓人想起畢加索的畫──擰斷細腰、把一前一後的東西拼湊到一張畫上，貪婪而無所顧忌的現代主義真的到中國了，這就是我們的進步嗎？」

再如筆者從 http://www.cuhk.edu.hk/ics/21c/issue/article/980718.htm 查找到李克強先生的論文《紳士：三十年代上海男性的摩登形象》，知道此文發表於香港中文大學中國文化研究所主辦的《二十一世紀》。該論文在《二 都市文學中的紳士形象》中引用了茅盾的作品：「茅盾曾指出：／消費和享樂是我們都市文學的主要色調。大多數的人物是有閒階級的消費者，闊少爺，大學生，以至流浪的知識分子；大多數人物活動的場所是咖啡店，電影院，公園；跳舞場的爵士音樂代替了工場中機械的喧鬧，霞飛路上的彳亍代替了碼頭上的忙碌。／正如茅盾所說，30 年代的都市文學正好道出了當時的一套新生活模式。」在《四 紳士形象的追求》中指出：「20、30 年代上海市民的生活模式，充滿著茅盾所說的『緊張都市生活節奏』，這種緊張引領著上海市民趨向一個新世界。」從中可以看出茅盾對當代文學研究者學術觀點的影響。

三、便於查找、選擇和利用國外有關的研究資料。譬如筆者從 Yahoo 上找到的很多有關「Mao Dun」的內容：

Berninghausen, John. *"The Central Contradiction in Mao Dun's〔Mao Tun〕Earliest Fiction."* In Merle Goldman, ed., Modern Chinese Literature in the May Fourth Era. Cambridge：Harvard University Press, 1977, 233～59.

──────. *"Mao Dun's Fiction, 1927～1936：The Standpoint and Style of His Realism."* Ph.D. Dissertation. Stanford：Stanford University, 1979.

Bichler, Lorenz. *"Conjectures on Mao Dun's Silence as a Novelist after 1949."* In Raoul Findeisen and Robert Gassmann, eds., Autumn Floods：Essays in Honour of Marian Galik. Bern：Peter Lang, 1997, 195～206.

這些論文、資料也許對我們有「他山之石」的作用。

又如筆者經過搜索找到這樣一個網頁：Sydney University Calendar

What's On-Calendar Thursday 20 April 4.15 5.45pm：Dept of Chinese Studies seminar：*"Mao Dun's work on mythology：The quest for national identity"*, Wai Ling Yeung, Macquarie Uni. Rm 530, Education Bldg. Contact：School of Asian Studies, ext 13038……

——http://www.usyd.edu.au/homepage/exterel/whatson/calendar……

從中獲悉澳大利亞悉尼大學的學者 Wai Ling Yeung 有關於茅盾的神話研究的學術論文。

再如查找與茅盾有關的賽珍珠的資料。筆者從「Cambridge University Press-Books」中打開了賽珍珠（Pearl S. Buck）的網頁，上面有一本印有她的照片的書《Pearl S. Buck／A Cultural Biography》，作者是 Conn.Peter，介紹文字是 "Pearl S. Buck was one of the most renowned, interesting, and controversial figures ever to influence American and Chinese cultural and literary history—and yet she remains one of the least studied, honored, or remembered. In this richly illustrated and meticulously crafted narrative, Conn recounts Buck's life in absorbing detail, tracing the parallel course of American and Chinese history. This "cultural biography" thus offers a dual portrait：of Buck, a figure greater than history cares to remember, and of the era she helped to shape." 相信某些研究者對它會有興趣。

四、便於瞭解茅盾研究著名學者的科研成果。有志於研究茅盾的大學生和青年研究者如果想瞭解茅盾研究著名學者的科研成果，可上網進入有關網站尋找相關的信息。譬如前往南京大學網站，就可以「進入」南大檔案館，查找到葉子銘教授的科研成果檔案列表，讀到他先後發表的著作篇名和獲獎項目的表單（略）。

五、便於瞭解海內外各地高校開設中國現代文學研究課的信息和資料。為了開闊研究視野，我們可以方便地進入國外和臺灣、香港、澳門地區一些大學的網站，瞭解他們開設中國現代文學研究課的信息和資料。筆者就從

http://web.cc.ntnu.edu.tw/-wuck/modbook.htm 下載了臺灣《共同必修「中國近現代史」推薦書目》（繁體漢字），發現其中有上海文藝出版社出版的筆者的茅盾傳記。（見附錄）

這裡還想提及的是，2000 年 6 月，經筆者向 163.net 申請並得到了「http://go.163.com/-maodun2000」的域名，學著做了一個「茅盾主頁」，並已開通。這可能是國際互聯網上第一個以「茅盾」命名的網站。筆者在上面寫了「Welcome to Mao Dun（茅盾）'s homepage」，正中放上了茅盾像（從《茅盾研究》第 7 期封面掃描再上傳上去），內容有：茅盾介紹、茅盾照片、茅盾作品《子夜》、《虹》、《霜葉紅似二月花》、《霜葉紅似二月花續稿》、《春蠶》、《林家鋪子》、《創造》、《水藻行》、《詩與散文》、《名人論學習和研究茅盾》、《中國茅盾研究會》。筆者還向網易免費個性化論壇系統（http://luntan.163.com/）申請了一個名為《茅盾》的論壇，並寫了一段《描述》：「茅盾是中國現代文學大師之一，他的文學創作成就在長篇、中篇、短篇小說，散文，雜文，戲劇，詩詞，兒童文學，文學批評，文學理論，翻譯，神話研究，文學組織，作家培養，文學教育，報刊編輯，社會活動等多方面，讓我們學習和研究茅盾及其作品，建設人類新世界！」凡是有興趣的網友，都可以在這個論壇上發表文章。但筆者一人的力量實在太小，為了學習、研究和宣傳茅盾作品和茅盾精神，建議中國茅盾研究會能申請、註冊並開通有頂級域名的「茅盾網」。

四、茅盾及其研究與電子出版物

電子出版物是當今世界出版發展的方向。在先進國家的出版物中，電子出版物已經占到總數的 40%。二十世紀九十年代中期以來，中國電子出版物由二百多種猛增至六萬多種。一些大的出版社相繼推出自己的大型電子出版物。其中含有茅盾介紹和茅盾作品的電子出版物，筆者見到的就有紅旗出版社的《家庭藏書集錦》、中國大百科出版社出版的《中國大百科全書》。《家庭藏書集錦》的《中國文學》中收入賈亭、紀恩選編的《茅盾散文》一至四集，《茅盾作品經典》一至五卷；謝冕、錢理群主編的《百年中國文學經典》第二卷小說收入茅盾的《春蠶》、《林家鋪子》、《子夜》（存目），第三卷小說收入茅盾的《霜葉紅似二月花》（存目）；朱文華、許道明主編《新編中國現代文學作品選》收入茅盾的《蝕》、《子夜》、《林家鋪子》、《春蠶》、《腐蝕》（存目）。《中國大百科全書》的《中國現代文學》有「茅盾」的條目，係由孫中

田先生撰寫。此書中還有一些其他的條目也和茅盾與茅盾研究有關，如「小說月報」、「文學研究會」、「中國左翼作家聯盟」、「中華全國文藝界抗敵協會」、「文藝陣地」、「中國文學藝術工作者代表大會」、「中國文學藝術界聯合會」、「人民文學」，等等。另外，還有其他一些國內和國外的電子出版物如《大英百科全書》（英文版）等，也有關於茅盾的內容。這些電子出版物可以閱讀，也可以下載後以文本格式保存，還可以打印，使用起來很方便。這些電子出版物與傳統的紙媒體出版物相比，它的體積小而存放量極大且攜帶方便，但它也有不如書報刊之處，特別是電子出版物需要人們有電腦而且是帶有光驅的電腦才能使用。

總之，茅盾、茅盾作品、茅盾研究和其他有關茅盾信息已成爲國際互聯網網站尤其是其中的文學網站和其他文化藝術類網站的內容之一，而國際互聯網則成爲茅盾、茅盾作品、茅盾研究和其他茅盾信息保存、傳播、利用的最先進的載體和工具。國際互聯網和電子出版物顯示：茅盾的作品擁有眾多的讀者，茅盾的研究在日益擴大和深入，茅盾的生平事蹟、茅盾的偉大精神和優秀作品及其他著作和影響，正通過傳統的大眾媒體和國際互聯網與電子出版物等現代信息傳播媒體，積極作用於中國人民尤其是中國青少年和海外華人乃至全人類的文明建設、社會活動和精神生活。茅盾和他的著作千古閃耀，萬世流芳！

2000 年 7 月 8 日完稿於湖州

附錄
臺灣大學《共同必修「中國近現代史」推薦課外閱讀書目》

1. 張邦梅（Chang, Pang-Mei Natasha）著，譚家瑜譯：《小腳與西服：張幼儀與徐志摩的家變》臺北市：智庫出版 1996 年〔民 85〕。
2. 余偉雄著：《王寵惠與近代中國》，臺北市：文史哲，1987 年〔民 76〕。
3. 王宏志著：《思想激流下的中國命運：魯迅與左聯》，臺北市：風雲時代 1991 年〔民 80〕。
4. 竹内實著，黃英哲、楊宏民譯：《毛澤東》，臺北市：自立晚報，〔民 80〕。
5. 孔德懋著：《孔府内宅軼事》，臺北市：聚珍書屋，〔民 73〕。
6. 徐博東、黃志平著：《丘逢甲傳》，北京市：時事出版社出版，1996 年〔民 85〕。
7. 沈從文著：《沈從文自傳》，臺北市：聯合文學，1990 年〔民 79〕。

8. 章君毅著：《吳佩孚傳》，臺北市：傳記文學，1968 年〔民 57〕。

9. 吳三連口述、吳豐山撰記：《吳三連回憶錄》，臺北市：自立晚報，1991年〔民 80〕。

10. 吳濁流著：《無花果：臺灣七十年的回想》，臺北市：前衛，1989 年〔民 78〕。

11. 汪彝定著：《走過關鍵年代：汪彝定回憶錄》，臺北市：商周文化，1991年〔民 80〕。

12. 彭明敏著：《自由的滋味：彭明敏回憶錄》，臺北市：前衛出版社，1988年。

13. 周軍、楊雨潤主編：《李鴻章與中國近代化》，合肥市：安徽人民出版社，1989 年。

14. 周質平著：《胡適與魯迅》，臺北市：時報文化，〔民 77〕。

15. 雷啓立著：《苦境故事：周作人傳》上海市：上海文藝出版社，1996 年〔民 85〕。

16. 張俊才著：《林紓評傳》，天津市：南開大學出版社，1992 年〔民 81〕。

17. 李廣德著：《一代文豪：茅盾的一生》，上海：上海文藝出版社，1988 年〔民 77〕。

18. 周策縱等著：《胡適與近代中國》，臺北市：時報文化，1991 年〔民 80〕。

19. 蔣夢麟著：《西潮》，臺北市：世界書局，1988 年 17 版。

20. 侯宜傑著：《袁世凱全傳》，北京市：當代中國出版社，1994 年〔民 83〕。

21. 吳相湘著：《晚清宮廷實紀》，臺北市：正中書局。

22. 溥傑、溥佳等著：《晚清宮廷生活見聞》，臺北市：木鐸出版社，1983 年。

（原刊於《茅盾研究》第 8 輯，華夏出版社 2003 年 3 月出版）

《一代文豪：茅盾的一生》的寫作與出版

拙作《一代文豪：茅盾的一生》於 1985 年冬開始動筆，1987 年 10 殺青，1988 年 10 月由上海文藝出版社出版。第一次印刷 3700 冊，不久即售罄。1992 年 2 月，上海文藝出版社將拙作印第二次。該社文學讀物二編室張利民主任來信說：「這次重印數有 6500 冊，超過了初版印數，還是令人滿意的，說明尊著還是很受讀者歡迎的。」（1992.5.5）。從第一次印刷到第二次印刷的三年多時間裏，我收到了大量的讀者來信，也收到了學術界不少學者和日本、美國的漢學家及中國現代文學專家的來信，予我以很大的鼓勵。其中一些來信詢問拙作是怎樣寫出來的，有些茅盾研究和寫作研究的同行尤對此問題感到興趣。值此拙作重印並產生新的影響之際，我也對此書寫作的經歷作了一番回顧和思考，現將有關情況及自己的認識加以整理並論述於下，以求教於研究現代文學和寫作學的學者及傳記文學作家。

一

《一代文豪：茅盾的一生》是以我對茅盾的欽敬和研究為寫作基礎的。早在五十年代讀中學時，我就讀到過茅盾的一些散文和短篇小說，像《白楊禮讚》、《春蠶》和《林家鋪子》等。在大學裏，我接觸到了茅盾更多的作品，讀了《蝕》三部曲、《虹》、《子夜》、《腐蝕》等。在現代文學史和黨史等課上，還聽說茅盾是建黨時的 57 個黨員之一，以及他曾當過毛澤東的秘書。我對他的敬仰和熱愛由此更進了一步。幸運的是，我還曾親睹茅公的丰采。如我在拙作《後記》中所寫的：「那是 1960 年 9 月的一天，茅盾應林淡秋校長之邀，到杭州大學參觀，並與我們中文系部分師生座談。……他身材中等，衣著整

齊、樸素，面容慈祥、溫和，笑聲朗朗，侃侃而談。聆聽這位長者的教誨，使人深感他的思想、學識博大精深，透過他那異常平易近人的外表，彷彿看到了他那巨大的心靈。聽他談文學和創作，眞是一種幸福！」「後來，我在與茅公故鄉烏鎭毗鄰的南潯鎭上的吳興一中任教。幾年間，我多次去烏鎭訪問茅盾故居，聽當地人講述茅盾的家庭和生平事蹟。再後，我又在湖州師專中文系任教，看到茅公爲我校《教與學》題寫的刊名，惠贈的手書《一翦梅》詞，稱湖州爲故鄉，使我對他的生平事蹟更感興趣了。於是開始有計劃地調查、考證、研究，撰寫了一些論文，在報刊上發表」。因此可以說，我對茅盾的研究起始於直覺的非自覺的卻是寶貴的感性認識和熱愛與敬仰的感情。由於是不自覺的，所以在茅公還健在時沒能主動地寫信去向他請教。及至 1981 年 3 月茅公仙逝才恍然大悟，卻已追悔莫及。

《茅盾與吳興》是我最先發表在《吳興報》後爲《浙江日報》轉載的研究茅公的第一篇文章。以後接連發表了《茅盾的童年、少年和青年時代》、《茅盾——從子夜戰鬥到黎明》、《茅盾擷楚辭入小說》、《青年沈雁冰與中國共產黨》等論文。並在學報上編發了一組「紀念偉大作家茅盾逝世一週年」的文章，而且引起了一些專家、學者的關注。這使得我能有幸出席了 1983 年 3 月由中國作家協會在北京召開的全國首屆茅盾研究學術討論會，並成爲中國茅盾研究學會的首批會員之一。會議期間聽取了周揚及文藝界其他領導同志和前輩作家、學者的報告、講話和發言，對研究茅盾的重要意義及研究方向、方法、途徑有了理性的認識，此後的研究才漸漸走上正軌。至動筆寫《一代文豪：茅盾的一生》這本書之前，在 1984～1986 年初，我連續發表了《試論沈雁冰早期與黨的關係》、《茅盾何時來湖州讀書？》、《茅盾就讀湖州府中學堂小考》、《茅盾大革命時期在武漢的活動》、《茅盾與篆刻》、《從顧仲起到〈幻滅〉中的強連長》、《德鴻與德沚——茅盾結婚前後》、《茅盾的婚事》、《茅盾讀小學的故事》、《茅盾在彌留之際》等。而且，在 1985 年 7 月，我參與了由中國茅盾研究學會、湖州師專和桐鄉縣文化局聯合舉辦的首屆全國茅盾研究講習會的組織與會務工作，結識了全國著名的學者葉子銘、邵伯周、莊鍾慶、丁爾綱、王積賢、李岫、查國華等教授、副教授，得到了他們的關懷和幫助。這幾年間，我還與日本茅盾研究會的學者建立了聯繫，並在他們辦的會刊上發表了文章。日本大阪外國語大學中國語系教授、日本茅盾研究會負責人是永駿先生在給我的信裏說：「我去年已在《茅盾研究論文選集》上看到您的文

章《試論沈雁冰早期與黨的關係》，尤其對這一段：『失去黨的組織關係這件事，對沈雁冰個人來說是不幸的，但在中國革命和中國人民，卻可喜地得到了一個繼魯迅之後最偉大的無產階級文學家——茅盾。』我很感興趣！是有意思的看法。去年夏天開研究會時，會上我已把您的這一篇論文介紹給他們。茅盾的身份太複雜，是值得研究的。今年秦德君發表手記《我與茅盾的一段情》（香港《廣角鏡》），茅盾已逝，無從作證，但是有關茅盾身份的一篇驚人的手記。我看茅盾這位作家的魅力在於他雖然骨幹是唯物論馬克思主義者，可是他的意識是多層次多方面，好像是萬花筒似的。」（1985.9.13）

我意識到，中外學者在茅盾研究中正將作品文本的研究與作家主體的研究結合起來，孤立地研究作品已不能適應當代學術研究發展的形勢，只有深入研究創作主體才能使作品研究進入新的境地。而要研究創作主體，必須全面熟悉作家的生平和思想、感情，以及作家與時代和他人（包括自己的親人）的關係。我的研究之所以與一些現代文學研究者的研究有所不同而為人注意，就在於我的切入點或重點是作家的生平事蹟和思想、情感。這也與我是一個寫作學研究者和寫作教師有關。現代寫作學比傳統寫作學更為關注寫作主體的研究，而這種研究與現代文學研究的結果是殊途同歸。還有，我在寫作論文的同時，還寫了一些篇幅較短的有文學性的茅盾生平的故事，這種現象則與我過去曾寫過詩、小說、散文等文學作品有關。研究論文用的是論述的方法，而傳記故事則運用敘述的方法寫成。前者以邏輯思維為主，後者卻以形象思維為主。雖然如此，歷史上一些著名的論著也不乏以敘述和形象化表達為主而寫成的例子。如果那位學者能以敘述和形象生動、可讀性強的方法來表達他的研究成果，那將是極其可貴的。當然我寫的幾篇茅盾的故事僅是寫作論文之餘的副產品，跟那些形象生動、可讀性強的學術論著是不可同日而語、相提並論的。

從 1980 年到 1985 年這一段時間的茅盾研究論文和茅盾生平故事兩類體裁文章的寫作，是我從事長篇傳記《一代文豪：茅盾的一生》的寫作的前期準備，為長篇傳記寫作奠定了思想和材料的基礎。

二

一部書稿的寫作和問世，寫作主體即作者具有最重要的作用。這是他心血的結晶，筆耕的碩果。然而拙作《一代文豪：茅盾的一生》之所以能寫成

和出版，卻與本書的責任編輯密切相關。應該說，本書責任編輯蔣九霄編審是拙作的引路人和扶助者。她為拙作付出了大量的心血和辛勤的勞動。而這位幾十年來「甘為他人作嫁衣」的老編輯卻不讓我在「後記」中寫上她的姓名以表感謝。我知道，她在幾十年的編輯生涯中編輯和出版過多位名作家的作品，其中有王西彥、碧野、王蒙、茹志鵑、柯靈、舒婷……等的散文集，而她只是在離休後才提筆寫自己的小說，說是要為自己「作一件壽衣」。但我永遠不會忘記她在我寫作過程中所給予的指導和幫助。如今重溫她和我談論傳記寫作的那些來信，細細思忖，倍感親切。我以為，美國雙日出版公司總編輯肯尼思‧D‧麥考密克讚譽「天才的編輯」馬克斯韋爾‧埃瓦茨‧珀金斯的話，同樣適用於我的責任編輯蔣九霄女士：「對待作者，他是一個監工，更是一個朋友，他在各個方面援助他們。如果需要幫助，他就幫助他安排結構，想出書名，構思情節。他像一個心理學者，一個開導失戀的人，一個婚姻顧問，一個職業經理，一個無息貸款人，忠實地為作者服務。」〔註1〕

　　拙作的寫作動因就是蔣九霄同志的一封約稿信。那是1985年12月初，她到廈門大學組稿時，聽到莊鍾慶教授說我已陸續發表了幾篇茅盾的傳記故事，返回上海後即給我來了一封短信，說她對出版一部茅盾傳記的書稿很感興趣，問我是否願意將書稿的大綱寄給她看看。有出版社編輯主動寫信約稿，我當然很高興。於是在1985年12月中旬，我將《茅盾的故事》的章節標題寄往上海文藝出版社。很快就收到了她的覆信：「閱章節標題後，我確實很感興趣。茅盾這樣一位偉大的作家是值得大寫特寫的。而到目前為止，有關他生平的書籍還很難見到。您編寫此書是非常及時的。……至於寫作進度，能快當然好，但首先要保證質量。望不因趕進度而影響質量。」（85.12.26）她要求我將已經寫好的部分先寄去。其時，我因對寫書沒有準備，擬出提綱後匆匆寫了兩節，連同已發表的幾篇茅盾故事複印後一起寄給了她。請她對我的兩種寫法——一種是通過人物來講故事，另一種是由作者站在第三者的立場上直接敘述——表示意見。說實話，由於是第一次寫長篇傳記，我的確不知道如何寫作才好。所以，我是多麼需要編輯指點迷津啊！

　　作為一個既有經驗又有眼光的責任編輯，蔣九霄女士很懂得作者的心理和需要。她回信說：「比較兩種寫法，我希望您採用《茅盾結婚前後》這一種。

〔註1〕　〔美〕A‧斯科特‧伯格：《天才的編輯》，孫致禮等譯，陝西人民出版社1987
　　　　年4月第1版，第6頁。

此稿材料較多，又有故事的生動性。這種寫法既適合成人閱讀，又適合青少年讀。另一種寫法，『水』份太多，史實較少，讀之有冗長、不紮實感。」她接著闡明對傳記作品的觀點：「傳記性的作品，最重要的是材料要紮實、真實，這也是這類作品可讀性是否強的重要條件。要在材料豐富、紮實的基礎上求得生動性。讀者心理，總是希望能看到立傳對象的豐富的事蹟。你的文筆生動流暢，如能有豐富的材料為基礎，一定能寫出一部好書。（86.1.17）這樣的觀點，我以為很對。中外古今那些傳記名作，無一不是以其材料豐富、紮實在而被讀者喜愛，且為評論家們讚賞的。她在以後的信中又多次提醒我要進一步掌握材料：「『巧婦難為無米之炊』。紮實的材料是寫好傳記的基礎。如果材料少，生花妙筆也寫不好。」（86.6.2）「寫傳記，材料等於燒飯的米。有了豐富的材料，憑你的文字表達能力，我想你是能夠把這部書稿寫好的。」（86.6.24）這裡既有嚴格的要求又有熱情的鼓勵。我於是邊寫邊收集更多的材料，又用大量的材料去寫新的章節。此書的材料主要來自三個途徑，一是向茅盾親屬和與茅盾有交往的前輩作家及其他人物採訪、調查、寫信請教，如訪問韋韜、趙清閣、黃源、陳學昭、陳瑜清、秦德君等；二是去茅盾生前曾生活、工作和戰鬥過的一些重要的地方去調查，去感受，如上海、重慶、杭州、北京、南京，尤其是桐鄉烏鎮茅盾故居去過多次；三是大量閱讀有關人士寫的回憶茅盾的文章；四是研讀茅盾和學者們的回憶錄、專著、評論集和資料，如《我走過的道路》、《茅盾文集》、《茅盾書信集》、《茅盾年譜》、《茅盾研究論集》、《憶茅公》、《茅盾紀實》、《茅盾史實發微》……等等。我自信所掌握的材料還是比較豐富的，也是比較紮實的。而且，對於新的材料，我還在寫作過程中不斷地尋找、發現和充實。

面對大量的傳記材料，我開始認真而艱苦地構思。因為，只有當這些材料經過甄別、選擇、整理、加工之後，才能成為傳記作品的血肉筋脈骨骼。「凝神結想」和「心營意造」是這一階段的重要工作。那麼如何處理材料呢？魏巍和錢小惠為了合寫《鄧中夏傳》去訪問茅盾時，曾就傳記的寫作方法向他請教。茅公告訴他們，「傳記的寫作主要是材料問題。首先要注意選擇那些可以斷定可信的東西；中夏的文章可以摘錄，甚至可以全部放進去；別人的回憶可以作些參考。」〔註2〕這段話為我處理各種材料指明了原則和方法。而在寫作過程中，蔣九霄編審不僅對我嚴格要求，而且及時來信提出建議和意見。

────────────

〔註2〕魏巍：《敬悼茅公》，《解放軍文藝》1981年第5期。

她在讀了我寫的1～6章原稿之後來信說：「《茅盾的婚事》寫得比《爲新娘取名》更紮實、樸實。其他各章如能照這樣寫，也就可以了。」這裡所說的《茅盾的婚事》是已在《文化娛樂》上發表的那篇，而《爲新娘取名》則是1～6章中的第6章。她認爲這六章「共同的問題是空，眞正有用的材料太少。其中如第一章，泛泛而談，有點像新聞報導，比較乏味。這樣的開頭，不能吸引讀者，我意這一章可以不要。《扮犯人》這一章沒有多大意思，不能說明茅盾的什麼。像這樣的情節，在寫到茅盾童年生活時，帶上幾筆就足夠了，甚至可以根本不寫。《滿月酒》本應寫茅盾出生在一個怎樣的家庭裏。這章字數不少，但茅盾到底出生在一個什麼樣的家庭裏，還看不大清楚。多餘的、無用的材料太多，雖然有不少對話等細節，但對於說明茅盾是不起什麼作用的，反使文章顯得是硬拉長的」。她認爲，茅盾的母親是值得好好寫一章的，寫出她對茅盾的思想、品德、治學態度……等方面所起的作用，對茅盾成材所起的作用。但「《第一個啓蒙老師》中這方面的材料不多，而一些無用的描寫太多」。「從稿件看，似乎你掌握的材料還不夠豐富，但也可能是由於選材、運用材料不當。」（86.6.2）與原稿對照分析，問題正在於選材和用材上。於是我決定推倒重寫，並記下重寫的要點：集中一章寫「母親」，下列幾個小標題，寫有關的內容（時、地有變化，中心一個）。《父親之死》一章：幾件事寫父親。童年壓縮，少年寫其學作文、看養蠶和殺豬、偷看小說、軍訓、南京遊玩、刻圖章、爲大同學所辱。蔣九霄得知後立即覆信說：「文章結構是爲內容服務的。只要能把你掌握的材料剪裁好、運用好，什麼結構都可以，最好事先不要框定一種結構。」「茅盾的父親、母親各專寫一章或在他章裏也寫到，都可以。但在材料的運用上，一定要扣牢對茅盾的影響（心靈上的，生活上的，或其他方面的）。總之，不管寫什麼人，目的是寫茅盾，一切材料都要圍著茅盾轉。巴金的散文《願化泥土》裏，寫到幼年時家中馬房裏的轎夫對他心靈的影響，寫得親切、抒情、眞實，很感人。這是可以借鑒的。」她還提出：「每一章，按你現在規劃的，順時間寫來也好；但也可以跳躍寫，即揀你心頭材料最多、構思最成熟的章節先寫。這樣寫有個好處，可以寫得順手些，同時可以對某些不大成熟的章節繼續補充材料，進行構思。如此交叉進行，可節省些時間，加快些速度。不論怎樣寫，希望一定要注意材料紮實，不空，不單薄，力避空洞的描寫。」（86.6.24）這些意見很寶貴，我都努力去實行了。

　　傳記既是歷史作品又是文學作品。不論是史作還是文學，都應有自己的

寫法，都應形成自己作品的風格。關於寫法，我在拙作《後記》中曾說：「要寫一部茅盾全傳，無論從哪個方面來看，我都是力不勝任的。怎麼辦呢？我轉而著手寫一個個有關茅盾生平事蹟的故事，短的二三千字，長的五六千字。我認爲這樣也可以寫出茅盾在各個時期的動人事蹟，反映他那豐富的革命與文學的一生。我的這個想法得到了廈門大學莊鍾慶教授、上海文藝出版社編輯同志的熱情肯定與鼓勵」。蔣九霄來信中說我「對此稿的章節構想很好，爲了保證此書獲得大的成功，寧可多花工夫。」她認爲，在寫作時，「表現手法也可以靈活些，除以故事情節爲主外，也可以適當採用敘述，因有些情況，難以用故事情節表達。」（86.2.5）她還提醒我：「不要把力氣花在無用的描寫上，還是寫得紮實、樸實一點好。最好以敘述爲主。不要寫那些無用的對話、細節。」（86.6.2）又說：「最好多看些寫得好的中外傳記，以借鑒。」（86.6.24）根據她的意見，我在一年多時間里選讀了二十幾本傳記名著，從中深受教益。於是我盡量借鑒它們的寫法，因而加快了寫作進度。幾個月後已寫出書稿的三分之二。1987.2.27 接到蔣九霄的信，內稱：「從廈門回滬，讀到你最近來信，知你又寫了許多。看來你越寫越順手了。年前寄來的十章已閱，大體上可以，無需動大手術。但有些華而無關緊要的描寫要壓縮，有些事蹟要補充些。總之，希望力求紮實、樸實、豐富。」（87.2.27）在蔣九霄這位富有學識和編輯經驗的責任編輯幫助下，我下決心捨棄了在小說寫作中必不可少的大量想像、虛構和華麗的描寫與長篇的鋪陳敘述，她在閱稿時也協助我進行刪削。經過努力，終於形成了這本書的風格：眞實、紮實、樸實。當然，作爲一本文學傳記，必不可少的還有它的內容的豐富、新穎，語言的形象、生動，而這些則是每一本文學傳記都應該具備的共性。創作實踐啓示我：風格就是作家的個性，它是由作品的個性體現出來的；沒有作品的個性，也就是沒有作家的個性，沒有作家的風格。

在書稿的寫作過程中，對新的章節的寫作與對舊的章節的修改是交錯進行的。根據蔣九霄編審的要求，我將已寫好的第一稿的一些章節掛號寄給她審閱。與此同時，我繼續寫新的章節。當她把審過的稿子退給我修改或要求我重寫時，我雖然看了她的信，瞭解了她的意見、要求，但我並不立即著手改寫，而是繼續寫新的章節。在補充了新的材料，或者對某一章、某幾章重新構思好了之後，再放下新的章節而著手重寫或改寫。有時，即使是已準備好了應補充的材料，已重新構思成熟，但新的章節正寫得順利時，我仍不停

下新的章節的寫作。只是到了文思阻塞、滯留不前時，我才回過頭拾起舊的章節進行修改或重寫。一般情況下，都寫得比較順手。在稿子的質量問題上，我自己和責任編輯都有一條原則：「嚴格要求」。所謂「立馬可待」、「出口成章」、「下筆成文」，寫作短詩、短文或許適用，而不適用於長篇的創作。作者自己和出版社編輯雙方都「嚴格要求」，必須會有推翻重寫、動大手術等情形。

在我將六章 60 多節書稿交給蔣九霄之後，她覆信說：「最近開始看來稿。第一章不理想，基本上還是原來的。有的不能用；有的要推倒重來，重新改寫；有的要作較大的修改。但第二章不差，每一篇都可用，只要稍作修改補充。第三章尚未看，全部閱完後再與你聯繫。」（87.5.14）不久，她又來信說第二、三、四、五等章較好，唯有第一及第六章要大改。從 87 年 5 月 20 日起，我就開始改寫第三稿的前幾節。6 月 7 日蔣九霄編審由上海來到我所在的湖州，她花了三個半天和我詳細討論了全部書稿的修改問題。然後她去南潯參觀了聞名遐邇的嘉業藏書樓，又去桐鄉烏鎮參觀了茅盾故居。返回上海後，她來信說：「去茅盾故居參觀一下，大有收益。那裡有不少有時代意義、有生活氣息而且拍得很好的照片，以後都可收進集子。在陳列室的資料中，有茅盾在上海為罷工工人起草的復工條件的資料，希望能將此事蹟寫入稿中。還有在茅盾母親照片下有四句說明，很概括，很貼切，可作為你寫作的提綱。」（87.6.15）這以後，從 6 月中旬到 10 月 20 日，我連續揮筆改寫書稿。其間陸續將改寫好的稿子寄給她，而她也及時審讀、覆信和退回一些稿子讓我再作修改。在 9 月的一封信裏，她告訴我預定於 11 月中旬編好發稿，要我抓緊改寫。早在 86 年 6 月 2 日她就在信中提出：「我衷心希望你能及時寫好這部稿件，希望你寫作不走彎路。本來，你寫這部書稿的最大優勢是動手早，如能按你原告訴我的時間完成，在全國還是第一本寫茅盾一生的書。如果時間拖久了，別的寫茅盾一生的書出版了，你稿的內容難免與人家的重複、雷同，這樣，你就被動了，我們出版社也被動了，是否出版，要看具體情況了。我懇切地希望你不要喪失你的優勢。」這是建議，是提醒，也是忠告！我一直對自己說「時間要早」、「機不可失」！而在一年多的時間裏，我新寫、重寫、改寫的字數達百萬字之上，不少章節是三易其稿。她也抓得很緊。對於那些經她認可的章節，已經開始了編輯加工，而另一些還需修改的又在信中難以說清楚的，她邀我到上海文藝出版社創作室住下修改。我因 10 月下旬去溫州出席省寫作學會學術會議，覆信告訴她擬於 11 月 4 日去上海修改書稿。但她

於 10 月 27 日來信催我即去上海，因她將有海南之行。信中寫道：「你 11 月 4
日來滬，我們就來不及在 11 月中旬以前發稿了。你那最後一本是幾本中字數
最多而且估計編輯加工量最大的一本。在預定發稿前我就來不及編好了。因
我在 11 月 15 日要動身，在動身前也要做些準備工作。稿件編好後，還要辦許
多發稿手續才能發稿（約要兩天）。再加我這裡已經編好的稿件還有幾十處要
你作小的修改加工，你也來不及在預定發稿前幹完。所以我想請你在 10 月 31
日來滬。你未完成的稿子可以帶到上海來改。這樣，我可以把你已經改好的
先編，你繼續修改未完成部分。你已經寄來的，到明天我可全部編好。還有
些小修小改部分（都是情況未說清楚的），我因不瞭解情況無法修改，要等你
來辦。」我 11 月 1 日從溫州返回湖州，閱此信後，第二日晨就趕往上海，見
了蔣九霄編審之後，下午就開始改稿子。改寫中遇到問題，就與她一起商量。
我一邊改，她一邊編，合作得很順利。至 11 月 14 日，全部書稿改畢定稿，我
返回湖州。過了兩天，她來信說，領導通知要學習黨的十三大文件，暫緩外
出，她的海南之行要推遲到本月底，而我的書稿倒可以在她外出之前發稿了。
（87.11.16）這之後，我還遵她所囑，對書名作了反覆斟酌。起初，擬定的書
名是《茅盾的故事》，後來，蔣九霄提出「《茅盾的故事》像是少兒讀物的書
名，望能考慮改一個」。此後，我經考慮，問她是否可用《茅盾傳》或《茅盾
的一生》。她覆信認為：「書名《茅盾傳》似太嚴肅，與內容及寫作形式不甚
相符。《茅盾的一生》似也有些缺點。最好是能表達出『故事』，而又不用『故
事』，總之要優美些、活潑些。反正書名可慢慢考慮，稿件寫好後再考慮也可
以。」（86.2.5）87 年 10 月 14 日定稿時，書名改為《茅盾的腳印》，但是仍覺
不好，比較輕飄，難以表達書的質與形。因此她又來信說：「關於書名，你如
還有什麼考慮，可在 25 日前來信告我。」（87.11.16）由於她這一句話，我擬
出了六個書名，並寫信告訴她我傾向於用《一代文豪茅盾》或《茅盾的一生、
《茅盾的人生故事》。不久，她來信稱：「稿件已經領導審閱，一字未動，全
部通過。但附錄不用了，因此稿的發行對象是一般讀者，不是專門人員。書
名決定用《一代文豪：茅盾的一生》。」（87.11.24）至此，書名終於確定。

　　從開始單篇發表「茅盾的故事」，到擬出《茅盾的故事》書稿的章節標題，
對各個章節的內容進行構思，執筆寫作，反覆修改，最後經編輯加工、發排，
還有挑選封面照片，編輯及裝幀設計人員去烏鎮茅盾故居參觀和挑選插頁的
照片，直至 1988 年 10 月出版、1989 年 1 月拿到樣書，前後經過了五年的時

間。這本書的寫作就像是一次長征，其中的風風雨雨、甜酸苦辣，非一篇文章難以說明清楚、透徹。人生歷程和寫作生涯中的這段往事已成為難忘的美好的記憶，它對我的考驗、鍛鍊使我在人生和事業上進入到一個新的階段。而我之所以不厭其煩地多次、大段地抄引責任編輯蔣九霄女士給我的信，既是為了說明她對我寫作此書的巨大幫助和支持，也是想讓她的文字——思想能借這篇文章得以存留並傳達給其他從事寫作、研究寫作和書刊編輯的讀者、朋友。正是作者與責任編輯的富有成效的合作，以及許多幫助和支持作者採訪、調查、借書刊資料與協助整理、謄抄書稿的同事、親友的關懷及友情，才使得這部被韋韜同志（茅盾的兒子）稱為「第一本茅公的文學傳記」的《一代文豪：茅盾的一生》由上海文藝出版社出版、問世。

三

　　一部書稿寫完和印成書，還不能說寫作已經完成，更不能說作者已經成功。法國偉大的作家薩特認為，作者寫成書還只是完成寫作任務的一半，而另一半則需要讀者去完成。不被讀者接受和首肯的書，無異於一堆廢紙。對於拙作《一代文豪：茅盾的一生》來說，也是如此。

　　所幸的是，初版書在各地發行之後，很快就受到讀者的歡迎。《文藝報》、《文學報》、《書訊報》、《浙江日報》、《杭州日報》、《錢江晚報》及一些學術刊物發表了書訊和書評，《嘉興日報》、《湖州日報》刊出了記者的專訪文章。韋韜覆信作者說：「今日收到大作，十分高興，謝謝了。書收到後即翻了一下，尚未來得及細讀，先查了一下印數，見只有 3700 冊，所以趕快給你寫這封信。你這本書是第一本茅公的文學傳記，我自然要多保存幾本。但我擔心在北京的書店中買不到，因為印數太少。所以只得請你幫我再『弄』五本來，書款照付。這封信就只談買書的事，晚了，怕連你都買不到了。」（89.1.8）中共浙江省委宣傳部副部長兼浙江省新聞出版局局長梁平波先生讀到這本書後覆信作者指出：「茅盾先生是我國著名的文學家、革命家，在現在能為他立傳是一個很值得稱頌的事情。相信此書的出版和發行將會產生社會積極的反響，特別是現在出版業受到金錢衝擊、大量武俠和閒書叢生之時，能夠看到這本書的誕生十分興奮，十分感謝您和上海文藝出版社的同志們，你們為社會提供了一份厚禮。」（89.3.23）中國茅盾研究學會常務理事、《茅盾年譜》作者萬樹玉致信作者：「不久前剛拜讀完老邵的評傳，現在又看到你的傳記性著

作；現在可以說，我們對茅公一生的經歷和道路總算有了比較系統、全面的研究和記述了。老邵的著重於評價，你的主要在記，兩者近乎姐妹篇了。大作只是粗略瀏覽一遍，未及細讀，初步感覺很好，內容翔實新鮮，寫得活潑，對研究瞭解茅公的生活道路、創作道路和政治道路都有幫助和啟迪。」〔註3〕（89.2.12）現代文學研究專家、《中國現代文學研究叢刊》編輯部負責人吳福輝先生認為：「給這樣的大作家寫傳甚不易，我有體會。你現在完成的是紀實性普及型的作品，應當是功德無量的。」（89.2.13）中國茅盾研究學會常務理事、著名學者查國華教授撰寫了書評《茅盾研究的新收穫》〔註4〕，青年學者、《胡適傳》作者沈衛威博士也發表了書評《一座雕像的誕生》〔註5〕，作家、青年學者陳星的書評是《他寫活了茅盾》〔註6〕，學者、作家方伯榮副教授的書評題為〈可信‧可親‧可愛〉〔註7〕，青年學者余連祥碩士的書評題目是《一本非同一般的名人傳記》〔註8〕。作協浙江分會書記處書記、作家華人秀稱讚「此書不僅為浙江文學界作出了一大貢獻，也為全國讀者瞭解一代文豪茅盾的身世奉獻了翔實而又有文采的材料。」（89.3.3 信）茅盾表弟、翻譯家陳瑜清先生說收到此書後「一口氣就拜讀了十七題，覺得你掌握的材料是很豐富的，有許多事實，我讀了才知道。」（89.3.11 信）還有一些讀者因在書店買不到此書而寫信給我或出版社；桐鄉烏鎮茅盾故居管理所曾進了 60 本書，他們說：「大作深受前來參觀的各界人士的歡迎，認為寫得很好，有助於對茅盾的瞭解和研究。現此書已經銷售一空；據說上海、北京、杭州、嘉興等地書店也已售罄。為此，建議上海文藝出版社能添印一批，以滿足讀者的需要。煩請您轉告該社。」（90.5.11 信）這本書出版後，在國外也有一定的影響。日本橫濱國立大學副教授、中國文學學者白水紀子博士寫道：「我拜讀了你的大作，從中學到了很多東西。特別是四十年代以後茅盾的生活狀況，你記述得很詳細。這對我研究茅盾後期的生活，幫助很大。」（89.7.10 信）加拿大學者、中國文學研究專家陳幼石教授也曾託北京茅盾故居負責人瞿勃先生向我求索

〔註3〕信中所說的「老邵的評傳」係指邵伯周教授著的《茅盾評傳》，四川文藝出版社 1987 年出版。
〔註4〕刊於《湖州師專學報》「茅盾研究專號」。
〔註5〕同上書。
〔註6〕刊於 1989 年 6 月 9 日《杭州日報》。
〔註7〕刊於 1989 年 9 月 18 日《書訊報》。
〔註8〕刊於 1989 年 5 月 9 日《錢江晚報》。

此書。以上這樣的多方面反響和評價，對我都是很大的鼓舞和激勵。

從書稿出版後社會各界反饋的信息中，我也發現了這本書的許多問題。其一，書的內容前詳後略。正如陳星同志在書評中指出的那樣：「這既然是有關茅盾先生一生的紀實文學作品，就應該對主人公在 1949 年以後的情況作足夠的描述。只有這樣，才能讓讀者對茅盾有一個完整的認識。但此著僅有七分之一的頁碼敘寫茅盾後半生三十餘年的歷史，跳躍幅度太大，讀後頗有失重之感。」造成這個缺陷的原因有三點：一是我在採訪、調查上花的功夫還不夠，訪問的人不多，調查的材料少；二是由於茅盾生前已列為國家領導人之一，無法看到他的檔案材料（作者的小人物身份與傳寫對象的大人物身份矛盾使然），而茅盾留下的幾十本日記也因未發表無法看到。書中寫到他在「文革」浩劫中的遭遇，所引用的那幾段日記還是從葉子銘教授的《十年浩劫中的茅盾》〔註9〕中轉引來的。三是初稿中已寫的部分章節，如《「左」的印記》（寫茅盾在《紅樓夢》批判和批判胡風等政治運動中的情形），在定稿時拿掉了。另外拿掉未用的還有茅盾與秦德君關係的《婚後的戀愛》等篇。其二，在對傳主茅盾形象的塑造和描寫上，未能充分深入人物的心靈進行刻劃。有的評論尖銳地批評本書「作者缺乏足夠的勇氣對人物複雜的心靈世界作出深刻的剖析」，認為：「茅盾和秦德君在日本的一段戀情，作者沒有隱去當然值得稱道，可只是冷處理成『異國寂寞的生活，使他們相互接近，又互相愛戀，又同居了』。為何不能放開寫呢？」有的書評說本書「終究未能突破茅盾生平事蹟研究的框架。……如在《亡命日本》的一章中著重寫了茅盾創作小說《虹》的過程，而對茅盾與秦德君相處的事只是打了一個擦邊球……又如關係茅盾一生的轉折的《上下廬山》一章中，茅盾在大革命關鍵時刻受黨指派，帶了二千元的一張支票去南昌，但他結果沒去成。作者力圖從客觀環境（因路不通）去反映茅盾當時確實無法去南昌的原因，而不是從主觀意識上去剖析，這無疑使人感到有點牽強附會，像是為人物安排了一個合理的臺階」。還有的書評說：「李廣德先生的《一代文豪：茅盾的一生》，從茅盾研究的角度看是認真的、刻意求新的，然而從傳記文學的視點出發，他又為『為聖人諱，為尊者諱，為長者諱』的枷鎖所束縛，最終把自己的『獨立的自我意識』給隱沒了」。沈衛威博士指出：「正如我稱它為『一座雕像』，此書有的部分顯得粗糙、模糊，有的部分則因太受史實的影響，而沒能放得開。

〔註9〕《鍾山》1986 年第 2 期。

對茅盾豐富、複雜的精神世界的揭示還沒有提到一種有意識狀態中，因而使得這方面顯示出一些不足」。其三，書中的一些史實材料欠準確或應補充。沈衛威博士研究茅盾回憶錄《我走過的道路》發現有一百多處有錯誤，他說拙作中雖改正了不少，但因引用茅盾回憶錄的材料，也有二三十處錯誤。查國華教授在書評中提出：「第四十五章《蔣介石發出邀請之後》中提到：『抗日戰爭爆發的第二年』，蔣介石政府曾託鄭振鐸函邀茅公參加第三期廬山座談會。這類材料可能是有出處的，但可靠性卻值得懷疑。因為，茅公從 1937年底離滬後，輾轉定居香港，直到 1938 年底才離港；而鄭振鐸一直留在上海。他們之間在 1938 年中似未見面，故事真相如何，尚待進一步考訂。有些章節，似還可以補充。如《〈腐蝕〉轟動香港》，似可考慮補入《青年的痛苦》、《霧夜偶記》等文。前者可以幫助讀者瞭解茅公對當時『大後方』的法西斯行徑的態度；後者可以幫助讀者瞭解皖南事變後茅公的心情。都是難得的研究《腐蝕》的好文章」。其四，好幾篇書評和不少學者、專家、教授來信批評書的印刷質量差，封面色彩不好，書中照片不清楚，不像是上海文藝出版社這樣的大出版社出的書。這些批評都是善意的，對我很有參考價值。在 1992 年 2 月第二次印刷時，出版社已據我的要求改正了書中的一些錯誤，對封面印刷也作了改進，並且加以塗塑；但由於是按初次印刷的紙型重印，所以在書的內容上無法進行大的修改和補充，只有留待以後有機會再版時，再作改寫、新寫。

四

　　《一代文豪：茅盾的一生》不是一部茅盾全傳。嚴格說來，它只是茅盾一生中閃光的 62 則傳記故事，以 62 顆珠子串起的一掛珠鏈。我寫茅盾傳記故事，既是茅盾研究事業所需，也是熱愛茅盾的讀者所需。美國文學批評家韋勒克和沃倫在《文學理論》一書中，把文學研究的諸種方式劃分為「文學的外部研究」和「文學的內部研究」兩大類。而「傳記式的研究方法」是「文學的外部研究」方法中的第一種。他們認為：傳記是一種古老的文學類型；從編年和邏輯兩方面來說，傳記是編史工作的一部分；「傳記家要解釋詩人的文獻、書信、見證人的敘述、回憶錄和自傳性的文字，而且還要解決材料的真偽和見證人的可靠性等類的問題。在傳記實際撰寫過程中，傳記家遇到敘述上的年代順序，素材的選擇，以及避諱或坦率直書等問題。傳記作為一種

文體所大量地碰到和處理的就是上述問題。」〔註 10〕雖然他們對傳記式的文學研究方法持較多的批評態度，但他們並不否認「一部文學作品的最明顯的起因，就是它的創造者，即作者。因此，從作者的個性和生平方面來解釋作品，是一種最古老和最有基礎的文學研究方法。」〔註 11〕「傳記式的文學研究法是有用的。首先，它無疑具有評注上的價值：它可以用來解釋作家作品中的典故和詞義。傳記式的框架還可以幫助我們研究文學史上所有眞正與發展相關的問題中最突出的一個，即一個作家藝術生命的成長、成熟和可能衰退的問題。傳記也爲解決文學史上其他問題積累資料……」。〔註 12〕

傳記式的文學研究方法就使我對茅盾——創作主體的各個方面及其與中國革命和其他各種人物的關係有了更多的瞭解，這無疑有助於我研究和深入理解茅盾的作品。何況傳記作爲一種文體，它的存在價值有著更寬泛的意義，即傳記帶給讀者的信息是多種多樣的，決不限於文學（包括文學批評）一種信息。因此，一部文學傳記尤其是大作家的傳記，就具有廣泛的社會價值，而爲社會各界讀者所接受。本文是關於拙著《一代文豪：茅盾的一生》這部文學傳記的寫作和出版的論述，不是一部文學作品創作經驗的總結，也不同於其他的對一部作品的寫作進行客觀研究的論文。這篇文章既有我的寫作體會與研究寫作的心得，也有我對責任編輯在書稿完成和出版問世過程中作用的認識，還有我對讀者在完成本書「另一半寫作任務」中的作用的看法和態度。我想，不論是從事茅盾研究的讀者，還是進行寫作研究的讀者，以及正在或準備文學傳記寫作和研究的讀者，都會對拙文感到興趣。爲此，期待各界讀者給予批評、教正。

1992 年 5 月～10 月於吉山寓所

〔註 10〕〔美〕韋勒克・沃倫：《文學理論》，劉象愚等譯，三聯書店 1984 年 11 月第 1
版，第 69、68、74 頁。
〔註 11〕同上書。
〔註 12〕同上書。

後　記

　　這本《茅盾與茅盾研究論》是我關於茅盾的第四本著作。我把所寫的一些關於茅盾生平經歷、活動事蹟的論文和文章編入「茅盾人生論」，把有關茅盾思想主要是他的政治觀、道德觀、科學觀等研究的論文歸入「茅盾思想論」，幾篇分析、研究茅盾作品的論文納入「茅盾文學論」，而有關茅盾與秦德君關係的通信及與茅盾研究有關的論文和文章編入「茅盾研究論」。

　　我是十分重視自己的這本新書的。原因有三：

　　其一，我是一個茅盾故鄉的教師，我大學畢業後工作的中學的南潯鎮，與茅盾家鄉烏鎮相連，18 年中多次到烏鎮、到茅盾故居，參觀、訪問、學習、研究，後來調到湖州，所任教的湖州師範學院是由浙江師範學院湖州分校——嘉興師專——湖州師專發展過來的，而湖州是茅盾離開家鄉烏鎮開始人生的第一站，湖州中學是他就讀的第一所中學，而他的夫人也在湖州女校讀過書。與茅盾親，與烏鎮親，因而本書中的多篇都有帶有明顯的嘉興、湖州的地方特性與人文色彩，特別是第一部分的一些論文，或許與其他地方的學者所寫的內容有較多的區別。

　　其二，我從少年時就喜愛文學，愛好寫作，以至調入師專後任教的課程是寫作，教寫作課就必然要學習和研究作家的寫作經歷、經驗，自然更需要學習和研究魯迅、茅盾的創作經驗，在教學時引爲範例，指導學生寫作。於是就在教學之餘比較多地注意和學習有關茅盾的生平事蹟的閱讀、探索。尤其是 1983 年春天得以參加在北京舉辦的首屆茅盾研究學術研討會，認識了韋韜先生，聽到了多位文學界前輩、專家、學者的報告、講話，深受教益；而在宣讀所提交的論文後，北京出版社編輯李志強先生找我談話，讓我進一步

修改論文，然後把這篇《茅盾大革命時期在武漢的活動》發表於他編輯的《中國現代文學研究叢刊》1984 年第一輯。作爲中國茅盾研究學會的首批會員之一，我也就自覺地把學習和研究茅盾視爲應盡的責任。此後，就產生了一些分析、探討茅盾作品和創作特色的論文。還開始與日本學者通信，交流茅盾研究信息，向日本茅盾研究專家學習。如 1985 年 9 月 2 日我給是永駿寫了一信，他於 9 月 13 日覆信中寫道：「我去年已在《茅盾研究論文集》上看到您的文章《試論沈雁冰早期與黨的關係》，尤其對這一段『失去黨的組織關係這件事，對沈雁冰個人來說是不幸的，但在中國革命和中國人民，卻可喜地得到了一個繼魯迅之後最偉大的無產階級文學家——茅盾。』我很感興趣，是有意思的看法。去年夏天開研究會時會上我已把您的這一篇論文介紹給他們。茅盾的身份太複雜，是值得研究的。」他還告訴我：「今年秦德君發表手記《我與茅盾的一段情》（香港《廣角鏡》），茅盾已逝，無從作證，但是有關茅盾身份的一篇驚人的手記。我看茅盾這位作家的魅力在於他雖然骨幹是唯物論馬克思主義者，可是他的意識是多層次多方面，好像是萬花筒似的。」他還把我寫的一篇短文《茅盾就讀湖州中學時間小考》發表在日本《茅盾研究會會報》第 4 期上。後來，我和他在茅盾研究學術研討會上相見，有過幾次書信來往。葉子銘、邵伯周、莊鍾慶、丁爾綱、萬樹玉等茅盾研究大家也都對我指教、幫助很多。我是以《一代文豪：茅盾的一生》、《茅盾學論稿》和幾篇重要的茅盾研究論文評上教授的。我至今感恩於這些茅盾研究的前輩大家。

其三，學術研究的道路上，常有機遇出現，需要有心人及時把握住。我從事茅盾研究，還因爲在讀杭州大學中文系時見到過茅盾先生本人，他逝世後又結識了他的兒子韋韜先生，而後來又拜訪趙清閣、陳瑜清等前輩，臧克家先生還爲我主編《湖州師專學報》增刊《茅盾研究》時專門題簽，幸運的是還較早地訪問了秦德君老人，多次得到過她回覆我提問的來信。我難忘這些機遇，特別感恩這些幫助我的前輩，如果說我寫的一些文章對於研究茅盾及其作品有所作用的話，那其中是包含著他們的心血的。本書的「茅盾研究論」中收入了韋韜先生、秦德君老人關於茅盾研究答覆我請教的信，他們的答覆和對茅盾研究的意見都十分寶貴。原信現在保存在我手中。讀信思人，永遠感恩！

最後，衷心感謝中國茅盾研究會會長錢振綱先生，衷心感謝臺灣花木蘭

文化出版社杜潔祥先生、高小娟女士、楊嘉樂女士給予的關心、支持和幫助！

　　盼望讀者對本書給予批評、指正。請把郵件發到我的郵箱：guangdeli@126.com。眞誠感謝！

　　　　　　　　李廣德

　　　　　　　　2013 年 12 月 12 日於浙江湖州